メディアワークス文庫

左端様と僕の京都事変

四方天十々子

目次

プロローグ

針葉樹林に囲まれていても、京都の真夏日には爽やかさなどない。

汗で湿ったTシャツとデニムのパンツが体に貼りつく。前途は細く険しい上り道だ。矢部直《やべなお》は斜め掛けにしたメッセンジャーバッグを背中へ回し、上半身を前傾させてサドルに座り直す。自転車のペダルは重く、踏み込むと半年前に骨折した左足首が痛んだ。

四条大宮《しじょうおおみや》のアパートを出てから一時間経《た》つ。見慣れた碁盤の目の道とは違う、急な弧が続く坂道。京見峠《きょうみとうげ》というくらいだからかつては京の都が臨めたのだろうが、今は不法投棄防止のフェンスと生い茂る杉に阻まれていた。気軽に自転車で行けるという話から想像していたよりもここは「山」だ。ろくにスポーツ経験もない軟弱な体は限界を訴えている。

やっぱり企業セミナーに行くべきだったたか。

見上げた頭上にはいつの間にか灰色がかった雲が広がっていた。降水確率十パーセントの予報を覆しそうな暗い気配。お前の選択は間違いだと責めているみたいだ。

未《いま》だひとつも内定がとれていない大学四回生の夏休み、今日は今期最終の合同企業セミナーの開催日だった。それをキャンセルして直が向かっているのは、京都北西の山間で見られた謎の発光現象の現場なのである。

編集プロダクションの編集者から電話があったのは昨日のことだ。

直がウェブ上で公開した文章を読んだという。ライターのアルバイトで書いたものだ。『ぜひ矢部君に取材に行ってほしいネタ』などと名指しで依頼されたのが初めてで舞い上がった。プロの目に留まるほど、自分の文章に魅力があると勘違いして。

『京都の小さな謎巡り散歩』と題して旅行記事を書いていた。京都は日本一といっていい人気の観光地だ。お馴染《なじ》みの名所以外にも心を魅する場所は多い。珍しい名前や風変わりな謂《いわ》れがある土地や通りを調べて足を運び、隠れた絶景や名店を紹介した。アパート周辺から始めた散策は回を重ねるごとに範囲を広げ、それなりに閲覧数を上げてきた。

ところが。元来の運の悪さが災いして、トラブルに巻き込まれることが増えていった。乗った乗り物が故障し、予測不能なひどい悪天候に見舞われ、挙句に死体を発見してみたり――一歩間違えば死ぬような事故にも遭った。アニメの子供探偵並みのイレギュラー事象遭遇率で、いつしか直の記事は街紹介より事件事故オカルトのカテゴリーに偏っていった。得意分野は強みになるが、望んでもないオカルト専門家になっていたのだ。

『矢部君、京都だよね？　二、三日前に北区の山間部で起こった発光現象知らない？　目立った被害はなくて大きく報道されてないんだ。超常現象って言うには弱いけど、なんとか面白くなんないかなと思って』

所詮学生バイトへの依頼だ。編集者が直に求めているのは取材力でも考察力でもましてや文章力でもなくて、ゴシップ欄をにぎわす程度の奇異だった。

「あのう……」

『そういえば心霊スポットの廃墟《はいきょ》ホテルで転落して骨折したんだよね？』

断るつもりで話を切り上げようとしたとき、電話の相手の声が重なった。

「え、ええ、まあ、……はい」

あれは本当に大変だった。冗談抜きに死ぬかと思った。

比叡山《ひえいざん》近くの辺鄙《へんぴ》なところにある廃墟ホテルに行ったのは、ネット上にあった壁の落書きの写真がなんとなく気になったからだ。二重の円の真ん中に鍵穴、周りに星座のマークのようなものが鏤《ちりば》められたその図は、何かの儀式のシンボルのように見えた。現地へ向かう足がなく、廃墟マニアがサイトで参加者を募っていたツアー企画にのった。夢中で壁の絵を辿《たど》っていて朽ちた階段から転落した。吹き抜けの大階段で三階の高さだ。互いにハンドルネームしか知らない参加者たちは直を置いて逃げた。

『大変だったね』と心にもなさそうな口調で編集者は言った。『矢部君はきっと霊媒体質なんだね。憑《つ》かれやすいんだ。子供の頃から？』

残念ながら、霊感はない。単純に運が悪いだけだ。それも甚だしく――。悪寒を伴うような直感力はなく、霊障を疑ったこともない。むしろ直自身が禍根なのではないかと思えるほど、災難ばかり引き寄せて人が寄り付かなくなった。

返答に窮していると、編集者が『あ、そうそう』と話を切り替えた。

『現場の資料送ったから確認して。京都って権力奪取の陰謀やら争いの血生臭い歴史の塊じゃない？　結界とか地獄に通じる道とか曰《いわ》く付《つ》きの場所が多いし、怨霊とか妖怪とか集まって当たり前だと思うんだよね。それで期待して調べたけど、その辺りには陰気臭い話は出てこなかった。矢部君が新たな伝説を見つけてよ』

辞退するタイミングがとれないまま編集者との通話を終えた。


地図によれば、この一本道が二股に分かれる辺りが今回の取材地だ。往時、禁中へ運ぶ氷を作っていた氷室と呼ばれる地区の入り口である。山城跡もあるようだが、写真を見る限りただの鬱蒼《うっそう》とした藪《やぶ》だった。

光ったのは隕石《いんせき》ではないかと思っている。まずは周辺の痕跡の有無を調べ、近くの民家に当日の様子をインタビューするつもりだ。

……面白い記事が書けるだろうか。

直だっていつもトラブルに巻き込まれるわけではない。無事に帰って記事を書く穏やかな日だってある。できればケガをするような事態は避けたい。しかし何も起きなければ編集者の望む記事にはならないだろうし、それはそれで申し訳ない気がしてしまう。のろのろと自転車をこぎ出した瞬間、あざ笑うかのように直の頭に小雨《こさめ》が落ちてきた。天を仰いだ頰に雨が涙みたいに流れる。

ああ……泣きたい。

そのとき向かいから白い軽トラが白い車体を弾ませ坂道を下りてきた。運転手は、肩幅が運転席いっぱいの恰幅《かっぷく》のいい体、紺の作業着姿の中年の男だ。直には全く気づかぬようで、スピードを落とすこともない。

「なんだよ、危ないな」

それにしても様子がおかしい。目を見開き硬く強張《こわば》った顔は、必死に何かから逃げるように走り去っていく。荷台に会社名が入っていたようだが、『藤』という字しか読み取れなかった。

軽トラを見送りしばらくすると右手に整備された敷地《しきち》が現れた。入り口の鎖は外されていて、軽トラよりもふた回り程大きな銀のトラックが停《と》められていた。その陰に小型のショベルカーがある。人がいそうな気配に安堵《あんど》して、直はフェンスに自転車を立てかけ敷地の中に入った。

「すみません」声をかけて小屋に近づく。

ん？　隣接する杉林が異様に明るい。何かが発光しているようだ。火に入る夏の虫のごとく光に誘われて杉林に進み入る。

これは――。降りしきる雨の中、口を開いたまま立ち尽くす。数メートル先の木の根元に、虹色の光の塊があった。光は輝きを増して風船のように膨らんでいく。木立にとまっていた鳥が飛び立つ音で我に返り、スマホのカメラ機能を起動した。その刹那、熱を帯びた空気の圧は一層強くなり、光はカッと輝度を上げた。

弾《はじ》ける。

そう思ったときには巻き上げるような風に襲われ、直のスニーカーは地上を離れていた。手から滑り落ちたスマホが光の中に吸い込まれていく。「ああっ」体が強く光に引き寄せられ、直の両足が宙をもがく。

すると突然、光の内側に何かが衝突したような爆音が轟《とどろ》き、光は放射状に飛散した。直はそれまで引かれていたのと反対の方向へ吹き飛ばされる。糸が切れた凧《たこ》みたいに体が上昇して、爆風に煽《あお》られるまま後ろ向きに杉林に激突した。

ザザッ、ザザザザ――。

「いてっ、ううっ」

枝葉に体を擦られて体中が切られるように痛い。なんだこれは。まさかポルターガイスト？『京都って血生臭い歴史の塊じゃない？』編集者の言が脳裏をかすめる。もしや何がしかの禁足地だろうか。立ち入って穢《けが》してしまったなら謝ります。謝りますから許して。

目を眇《すが》めて下に広がる光を見やると、ゴルフボールほどの小さな黒い影が現れた。

隕石？

黒い影はやがてソフトボール大になって、ものすごい速さで直に迫ってくる。

ぶつかる。怖い。怖い、怖い。直はきつく目を閉じた。助けて――。

「パペ、サタン、アレッペ」

発したことのない言葉が口をついて出て、直の意識は途切れた。

＊

悪いことをすると地獄に落ちる。

そう言われ見せられた絵本の地獄絵が怖すぎて、小さな嘘《うそ》ひとつつけない子供だった。今ではそんなもの信じていないが、些細《ささい》な誤魔化しやルール違反に躊躇《ちゅうちょ》するのは罪悪感にさいなまれたくないからだ。たとえ死後の世界があったとしても、こんな小心者が地獄に堕《お》ちることはないと思う。

朦朧《もうろう》とした意識の中でゆっくりと目を開く。薄暗い空間に赤熱した鉄のような朱色の明かりがぼんやり滲《にじ》んでいた。横たわっている床は墓石めいた滑らかな冷たい石だ。静かだった。音はしないのに近くで何者かの動く気配は感じる。ここはどこだろう。

「そいつを起こせ」

「はっ」

ふいに男たちの声が降って来た。声はゆったりと反響して、ここが大きな部屋だとわかる。体に力が入らず恐る恐る瞳だけを動かすと、目の大きな威圧感ある顔が覗《のぞ》きこんでいた。

――誰？

レスラー然とした恰幅のいい大男だ。黒地の布に金の縁取りが付いた、着物のようなスモックのような変わった服を着ている。

「起きよ、死人」

死人？

驚いて、見つめ合ってくるそれと競うほどに目を見開いてしまう。急《せ》かされても体が重くて動きにくい。のろのろと立ち上がる。ふいと冷気を感じてはだけていた前身ごろを整え気づく。合わせが逆の白い着物だった。いつの間にこんなものを着た――？　意識が鮮明になるにつれ冷や汗が噴き出た。

周囲に視線を巡らす。壁沿いに並ぶ枝付きの燭台《しょくだい》が石の壁のごつごつした装飾を浮かび上がらせている。美術館か教会のような雰囲気だ。正面には二対の松明《たいまつ》、その後ろには十段ほどの階段、それより奥は暗くてよく見えない。

「ここは地獄第一圏だ。お前は死んだ」

ギョロ目が眉一つ動かさずに言う。

地獄？　そんなバカな。

巷《ちまた》にあふれる臨死体験では、三途《さんず》の川《かわ》を渡ってあの世についたら閻魔《えんま》様に生前の罪を裁かれると聞くが……。夢を見ているのだろうか。

「あ、もしかしてあなた……閻魔様ですか？」

濃い眉とあぐら鼻、ギョロ目は幼い頃絵本で見た閻魔大王によく似ている。

「ミーノスを閻魔と呼ぶということは、お前、日本人だな。それでそのような白い着物で身ごしらえしているというわけか」

不意に松明の後方から明瞭な若い男の声が届く。

ミーノスと洋風な名で呼ばれたギョロ目は、仰々しく階段の方へ向けて腰を折った。

「只今《ただいま》より例外的な死を迎えた人間の裁きを始める」

宣言と共に背後からガラガラと重い音が轟いた。頭からすっぽり黒いフードをかぶった人影がふたつ、石の机を松明の傍《そば》まで押して来た。黒フードのひとりが仰々しく机の上で巻物のようなものを開く。

夢にありがちな支離滅裂な展開に我ながら苦笑いする。裁かれるような咎《とが》など僕の人生にあるわけがない。あれ？　ちょっと待てよ、僕とはいったい……。

「死人の名は矢部直」

黒フードの嗄《しゃが》れ声に紹介され、思わず「あ」と声を上げる。自分の名を忘れていた。

「矢部直、二十二歳、性別は男、日本の京都に暮らす学生、死を迎えたのも京都のようでございますが、地獄門を通過せずここまで来た死人は前例のないことゆえ死因なども含め現在調査が難航しております。とはいうものの、人の世で罰を受けるような罪を犯した形跡はございません。また反対に特別に申し上げるほどの輝かしい功績も能力も財産もない、庶民中の庶民と存じます」

本人を前にしてひどい言い草だ。「お前のことに間違いないな？」とミーノスに問《と》い質《ただ》され、返事をするのも情けなく直は項垂《うなだ》れた。夢の中ぐらいもうちょっと盛ってくれてもいいんじゃないだろうか。ミーノスは直の前に進み出て続けた。

「本来ならば死人の裁きを地獄の王の宮殿で行うことはない。それどころか王が直々に死人にお会いになるなど後にも先にもないことだ。矢部直、真摯な心で裁きを受けよ。お前は死の直前どこで何をしていた？　何を見た？　そのとき何か聞いたか？」

「僕ですか？　京見峠に行って……光が……あの破裂で死んだってことですか？」

「光？　それだけか？　他には何も見ていないか？」いぶかるようにミーノスは片方の眉をつり上げた。「お前が呼んだということは？」

「何をです？」

ミーノスの圧に直は尻込みする。その時、再びあの声が響いた。

「もういいぞ、ミーノス。こいつはおそらく何も知らぬ」

正面の階段を男が颯爽《さっそう》と降りてくる。これが、地獄の王――。

マントからロングブーツまで黒でまとめられた男の服は、肩や胸のいたるところに銀の金属のパーツが付いていていて雄々しい。長身で姿勢がよく、舞台衣装のような着こなしが堂に入っている。あくまでも人間年齢を推測するなら、見た目は二十代半ばから三十代前半くらいか。長い髪と瞳は漆黒で、東洋風とも西洋風ともカテゴライズしにくい中高な顔は輪郭がシャープで端整だ。取り込まれそうな強い目力に圧倒される。

地獄の王ということは悪魔なのか？

「あなたは……」何なのかとは聞きづらく口ごもる。直のいるフロアに降り立った男は石の机の上の巻物を覗き、見比べるようにして直を見据えた。鋭い流し目の視線に緊張する。漆黒の眼《め》の奥に赤い光が灯《とも》った。

「俺は地獄の王だ。神から地獄の統治を任されている。最強で最高位の悪魔にして地獄の王。それが俺だ。サタン、ルシファー、デーモン、魔王、他にも俺の呼び名はいくつもある。どれでも好きに呼ぶがいい」

直は生唾を飲んだ。畏怖という感覚は初めて味わう。現実と思えない世界の、最も現実離れした存在だと思うのに、何よりも強い存在感を持って直の前に立っている。この地獄の王に死を申し渡されれば抗《あらが》うことなどできない。直のすべてが終わる。剃刀《かみそり》の刃で撫《な》でられるような寒気が背筋に走った。

「人として生まれ何一つ華々しい功績がないようだが、お前が生きる価値とは何だ？」

地獄の王は品定めするように直を注視していた。

「僕の、価値……」

これは地獄の裁きの一端なのか？　アピールポイントがないと死後の世界の生活環境に響くのだろうか。功績がない分ここでポイントを補ってもらえるのかもしれない。就活の面接だと思えば……。いや、エントリーシートで全滅しているから面接試験など受けたことがない。ええと、自分のいいところ、褒められたことと言えば……。

「おばあちゃ……じゃなくて祖母からは虫も殺せない優しい子と言われていましたっ」

直が半ば叫ぶように言い放つと、宮殿の従者たちが凍《い》てついたように動きを止めた。地獄の王が片眉を引き上げた。端麗な顔を引きつらせるほど呆《あき》れさせたらしい。

「お前、潔いほどに何も持っていない奴《やつ》だな。虫も殺せぬというより虫ほどの力もない惰弱の間違いだろう」

しくじった意識はある。けれど虫ほどの力もないとは言いすぎじゃないか？

落ち込んだ直に地獄の王が近づく。まさか地獄行を宣告されるのか。

「そのような生だとしても、人の世に戻りたいか？」

覚悟していたものと違い、直は地獄の王の言葉の意味が飲み込めなかった。一拍の呼吸を置き、慌てて答える。

「も、戻りたいです、生きたい。……帰れるんですか？」

無意識に直の体が前へ出た。王の腕に手を伸ばしそうになって、ミーノスの空咳《からせき》に止められる。地獄の王は肩のマントを後ろへ払い、腕を組んだ。

「そうか。ならば丁度いい。お前の死は手違いだったようだしな」

ありがとうございますと喜びかけて留まる。今、手違いって言った？

「それって、死ななくてもいいのに死んだってことです？」

「ああ。おかげで面倒な仕事が増えた。お前を人の世へ送り返さねばならん」

地獄の王は不手際を詫《わ》びる様子もない。当たり前か、相手は悪魔なのだ。直は死んでまでも運が悪い自分自身を呪うしかない。

「陛下、ではまず調査団を地上へ――」

「いや、人の世へは俺が行く」

「陛下直々に……」

前に出るミーノスを咎めるように地獄の王が凄味《すごみ》ある眼を向けた。直までもが肝を冷やす恐ろしさだ。直の生死の操作など容易《たやす》いだろうと思いきや意外に大事らしい。

「俺が行けば調査団は要らん。九層の鏡のひび割れといい、どうもきな臭い――」

鏡？　何それ？　首をひねると、地獄の王は直の正面に立って真っすぐ見返してくる。直は大きく吸った息を吐き出すことも出来ず唇を結んだ。息苦しくなるような眼光の強さに負け、疑問をぶつける気は消《き》え失《う》せた。

「人の世へ行き、白骨化するまでにこの者の死体を探し出し、魂を戻す。不穏なものを見つければそれも俺が片付ける」

「へ？　僕の死体、なくなってるんですか？」

つと声がひっくり返る。

「安心しろ。その体を見たところ、お前の本体は再生不能な痛手を負ってないようだ。人の世ではお前の死に気づいている者もない。生き返るのに好都合だ。運がいいぞ」

地獄の王の言葉にミーノスはうやうやしくうなずいている。運がいいわけあるか。

「僕の死体を探すだけなのにそんなに時間がかかるんですか？　地獄の王なのに？」

怒鳴りたい心境だが声は潤んだ。

「陛下に無礼なことを申すな」ミーノスが眉を吊《つ》り上《あ》げる。

「仕方あるまい。今はちょっとした厄介事で地獄も少々余裕を欠いている。ところでお前、死の直前に力を貸してくれと俺を呼んだな？」

「い、いいえ、呼んだつもりは……」言いかけて直は口を押さえた。あのとき直は何と叫んだのだろう。無意識に発声した、知らない言葉だった。

「パペ、サタン、アレッペと俺に助けを求めた。では俺と地獄の契約を交わし、一緒に来るか？」

「お待ちください、陛下。地獄の王がこのように貧相な人間と契約するなど――」

あってはならないことらしい。ミーノスが血相を変えて直と地獄の王の間に入った。

「釣り合う返報とは言えぬがやむを得ん。異例の厚遇だ。俺がお前を生き返らせる代わりに、お前は俺を助けて共に体を探す。どうする？」

地獄の王を助けるとはどんなことをさせられるのか。生き返りたいが、出来ない約束をしたらどうなるのだろう。不運にはまり続けてきた直には嫌な予感しかしない。

「断ったら僕はどうなりますか？」

「自殺者として処理する」

最初から直に選択権などなかった。がっくりと膝をつく。

地獄の王は直の前に片膝立ててしゃがみ、開いた手を直に向けた。地獄の王の掌《てのひら》に何やら赤黒い印が浮かぶ。Vと逆V字を重ねた中央に○と＋のような形が描かれているのを視覚が捉えるや否や、それは灼熱《しゃくねつ》の炎を燃え上がらせた。瞬《まばた》きをする間もなく地獄の王の掌が直の額に押し付けられた。

熱い――。

「うわああああああああああ——」

「陛下っ」

直の絶叫とミーノスの声は同時に響いた。

ああ、もう。どうして死んでからも僕はこんな目に遭わなければいけないんだろう。

地獄の王との契約は熱かった。あまりの熱さに直はまたしても気を失った。

サタン、京都に来たる

東西、南北の真っすぐな通りが織りなす碁盤の目。古《いにしえ》の都平安京や豊臣秀吉《とよとみひでよし》の都市改造で築かれた京都の街には典雅な寺院や荘厳な神社、優美な苑庭《えんてい》、武士や幕末の志士ゆかりの建物が数多《あまた》存する。それら力ある者が刻んだ繁栄の証《あかし》は、同時に戦や陰謀の爪痕だ。華やかな歴史の分だけ悲哀と憎悪が層を成して蓄積し、その臭気が絶えず地表へ漏れ出している。

陰気は怪異を呼ぶ。京都は魑魅魍魎《ちみもうりょう》の類の話に事欠かない。多様な異界が隣り合い、異物は存外容易に行き来しているのだろう。異物の起こす『歪《ゆが》み』は大胆に、しかし違和感なく京都の街に溶け込んでいる。地獄に召され、未だこの世の者になれていない直が居るように。

＊

空に墨を垂らしたような鈍色《にびいろ》の雲が垂れこめている。日の入りまでまだ数時間あるというのに暗い。日差しはなくとも、空気がいやに蒸れていた。

直は烏丸御池《からすまおいけ》の交差点を北に向かっていた。ここは京都駅や御所に通じる南北のメインストリート烏丸通《からすまどおり》と京都一の道幅を誇る御池通《おいけどおり》が交わる、京都のど真ん中のビジネス街だ。明治時代の外壁を残したモダンな建物と整えられた街路樹が絵のように美しく収まっている。

(本当に戻ってきたんだ、京都に)

見知った景色に何度も視線を巡らせて実感した。

街の情報からわかったのは、京見峠の光の爆発から経過したのはおよそ七時間。つまりそれが直の地獄滞在時間ということになる。

闇に包まれた地獄では時間もわからず、重く湿った空気が膠《にかわ》のごとくねっとりと漂い、時の流れが停滞しているようだった。小一時間程度の体感に反して、数日過ごしてしまったような疲労感を覚えた。浦島太郎みたいに時代が変わるほど時が進んでいなくてよかったと思うべきか。しかし。

死体ってどれくらいで腐るのだろうか。

間に合わなければ、この仮の体は翁《おきな》の姿を通り越して骨になるのではなかろうか。

サラリーマン風の人々が颯爽と往来する中、ビルのガラスに映る自分の姿を認めて直はふと足を止めた。

仮の体とはいえ身体《からだ》は以前と変わらない。ただ、格好ばかりが一丁前のビジネスマン仕様だ。イタリア製の上質な生地のドレスシャツとプレスされたスラックス、革紐《かわひも》を編み込んだメッシュベルトに黒光りする革靴。

それにしても、全然似合ってない。というか、装備の上質さに伴わない自信なさが滲み出て、服に着られている感がいたたまれなかった。

姿勢のせいか？　伸びっぱなしの髪か？

猫背を正して瞼《まぶた》に掛かる髪をかき上げる。と、額に付いた暗紅色の痣《あざ》が突如浮かび上がって見えた。悪魔につけられた印だ。V字に逆V字を重ねた真ん中に「♀」のマークが入っている。♀ってつまり雌？　女々しい男ってことか？　かっこ悪い。

「大時代の奴隷じゃないんだぞ」

ガラスに顔を近づけ悪態をついた。その瞬間、印が炎を灯したように熱を帯び、血に染むように赤みを増した。端厳な悪魔の瞳の色が瞼に浮かび、気を失うくらいの熱さと痛みの記憶が呼び起こされた。

「ヒィッ」と額を押さえる。

もしかして……見られてる？

急いでくしゃくしゃと前髪をかき乱して額を隠し、その場を小走りで離れた。

京都御所にさしかかる手前で西へ曲がる。縦長のビル群から町家と呼ばれる古い木造家屋が密集する町並みに景色が変わった。錆止《さびど》めの紅殻《べんがら》を塗った色の濃い格子、犬矢来《いぬやらい》の低い柵、鉛色の一文字瓦の波。重い曇り空も相まって、古いモノクロ映像に紛れ込んだような感覚を抱く。そこに威風堂々たる西洋建築の建物が見えた。

ルネサンス様式というのだろうか、古代神殿然とした建物は石造りの四階建てで、外壁は白と亜麻色から成り、意匠を凝らしたアーチ形の窓が並ぶ。正面玄関の上にはドーム型の屋根を頂き、太い柱の車寄せがせり出している。そこを中心に建物は左右対称の横長に広がり、さながら大きな翼を広げた鳥のようだ。

『グラン・ディヴィーノ・リゾート京都』

それがこの建物の名前だ。訳すなら、壮大な神の行楽地、京都――ホテルである。京都和の町並みにモダンな雰囲気を加え、異質でありながら不思議と違和感はない。京都が長い時をかけて西洋を受容してきたような自然な調和。――本日たった今さっき、この場所に出現したばかりのまやかしだというのに。

ドーム型の屋根の上で羽繕いをしていたカラスが首を傾《かし》げるようにして直を見た、ような気がした。

あれ？　あいつ首輪してないか？

模様だろうか。光沢のある輪が首に巻いてあるように見える。夢中でカラスに目を凝らしていると、後方で車のクラクションが鳴った。道幅いっぱいのリムジンがウインカーを出している。ホテルに入るようだ。

車を避けた拍子に、直はそばを通った自転車にぶつかりそうになった。近所の人だろう、中年女性の足元は庭履き用サンダルだ。地元の人なら昨日までのこの場所をうっすらとでも覚えていたりしないだろうか。思わず直は女性の自転車の籠に手をかけていた。

「あの、この建物っていつからここにあるかご存じですか？」

「え？　いつ？　さあ、……大正ぐらいじゃないかしら？」

嘘だ。この一帯は趣ある町家が立ち並んでいたはずだ。

「何年か前に今の社長さんが買い取って高級ホテルにしたの。知らない？　若くて男前な社長さんよ。世界中に高級なホテルをいくつも持っていて、テレビなんかでも取り上げられてるでしょ。ほら、変わった名前で……そうそう、左端真央《さたんまおう》社長。……あの人、日本国籍なのかしら」

ははは。直の口元が軽く痙攣《けいれん》した。

国籍なんて。あれはそもそも人ではない。

＊

左端真央は、自らが所有するホテル『グラン・ディヴィーノ・リゾート京都』の最上階、四階にあるワンフロア一室のプレミアムスイートルームに滞在している。

直は煌《きら》びやかなエントランスを避け、従業員用の通用口から建物の中に入り非常階段で四階まで上がった。丸いドーム型の屋根の下の部分に当たるホールに出る。正面は格子窓、右にエレベーター扉とゲストルームへ続く廊下がある。大理石に包まれたこの重厚な空間から先は、一般客が足を踏み入れることは出来ない。

左側のアーチ形の扉が左端の部屋の入り口だ。顔認証システムで開錠して扉を開く。

途端、微《かす》かな三味線と女性の歌声に出迎えられた。

客が来てる？　まさか、そんなはず……。

直が街へ出ていたのはせいぜい一時間程のことだ。その短時間に誰が？

赤い絨毯《じゅうたん》の敷かれた廊下を進み広大なリビングダイニングに入っても、人の気配、いや、悪魔の気配はなかった。

「左端さん？」

呼びかけながら仄暗《ほのぐら》い部屋に歩を運ぶ。足元は乳白色の大理石。ヨーロッパのアンティーク家具の美術館にでも迷い込んだかのような部屋だ。高い天井にクリスタルが零《こぼ》れ落《お》ちそうなシャンデリアが吊り下がり、鏡面加工のダイニングテーブルに反射して輝く。象嵌《ぞうがん》細工が施されたダンテスカというX脚の椅子が並び、オリエンタル調のラグの上にはビロード張りのソファセットが置かれていた。奥にはグランドピアノも見える。

広すぎるせいか落ち着かない。部屋の形が地獄のあの宮殿に似ているような……。

三味線の調が聞こえてくるのはこの部屋の南側だ。

劇場の正面入り口を想起させる観音開きの扉があった。そこから手拍子と複数の若い女性の歌声が漏れてくる。

「とら、と-ら、と-ら、とら。とら、と-ら、と-ら、とら」

思いなしか、扉に手をかけるのを躊躇させる艶《なま》めかしさがある。歌の終わりに笑いの花が咲いて三味線が止まった。それを潮に直は思い切って扉を開いた。

瞬間、金色の光が溢《あふ》れ出《で》た。そう感じたのは扉の向こう側が一面金の襖《ふすま》で囲われた大仰な和室だったからだ。襖絵は松、折り上げ天井に織物《おりもの》のような細やかな障壁画、豪奢《ごうしゃ》な欄間。これは……二《に》条城《じょうじょう》の二の丸御殿を模しているようだ。

そこに華やかな着物姿の日本髪の女性がふたり、舞妓《まいこ》だ。が、一隻の屛風《びょうぶ》を挟んで猫のように背を丸めて座っていた。右奥に三味線を奏でる芸妓《げいこ》がふたり。さらにその奥、一段高い間には和装した地獄の王、もとい、グラン・ディヴィーノ・リゾート社長、左端真央がふたりの舞妓を両に従え座していた。

左端は均整のとれた体軀《たいく》に銀灰色の着物をまとい、濃紺の帯を締めている。長い黒髪は後ろで結わえてあった。肘置きにもたれ、立膝をついて座る姿はまさに見目麗しい若殿様だ。ここは大奥か。

「左端さん、何をしてるんです？　調子が悪くて動けないって言ってましたよね？」

物言いに険を含ませた。

「舞を観《み》るか？　座敷《ざしき》遊びは趣がある。お前も興じるがいい」

左端は言葉が通じていないのではないかと疑うレベルで直の問いをスルーして、こっちへ来いと手招きする。言いなりになるようで腹立たしいが仕方ない。直は靴を脱ぎ、座敷へ上がった。後ろで扉が勝手に閉まる。白塗りの女性たちが一斉に直を見上げた。

「社長さん、こちらはどなたどす？」

「これか？　これは死体だ」

左端が舞妓の酌を受けながら無感情に答える。

「なんっ？」

単語にもならない声が出た。

死体の気持ちを慮《おもんぱか》れとは言わないが、悪魔のくせにストレートに真実を伝えることもないだろう。冗談と受け取った芸舞妓たちはくすくすと笑う。左端は彼女たちの忍び笑いの理由を解《げ》せないのだろう。怪訝《けげん》そうに切れ長の目を眇めた。

「そうか、下部《しもべ》……奴隷と呼ぶのだったか」

最も適した言葉を思いついたという風に、端整な顔がこちらに向けられる。

「いや、秘書ですよね、秘書」

その肩書を直に用意したのは左端だ。あてがわれた立場に納得したわけではないが、死体や奴隷と呼ばれるよりましだ。直は自ら社長秘書だと宣言してしまった。それがどんな仕事をするものなのかも知らずに。

「秘書さん。梅佳《うめか》どす。おたのもうします」

黄蘗《きはだ》色の着物に鮮やかな赤い帯を締めた舞妓が、豪華な花簪《はなかんざし》を揺らして三つ指をついた。他の芸舞妓たちも次々自己紹介を始め、直は「はあ、どうも」と繰り返し首をすくめた。

この状況では早く体を探してほしいとは言い出せない。恨めしく横目で見ると、左端はどこ吹く風だ。「とら、とーら」と口ずさみ、指を鳴らす。すると左端の人差し指の先に蠟燭《ろうそく》の炎のような小さな火が灯った。芸舞妓たちが一斉に目を丸くする。

「ちょっ、ちょっ、さ、左端さん？」

人前で力を使うなんて。

直は一段高くなっている座敷に上がって左端の着物の端を摑《つか》む。

焦る直を余所《よそ》に、左端は形良い唇を細くすぼめて指先の炎にフッと息を吹きかけた。

小さな火は命を宿したように大きく膨らみ、長く伸びた炎の舌をうねらせる。やがて火は緋色《ひいろ》の毛皮を持った虎の姿に変わった。

芸舞妓らは声を失い、高い天井を脅かすほど伸びあがった炎の虎を見上げていた。

「てっ、手品ですよっ、手品ですから、うちの社長は得意なんですよ、手品っ」

左端の振る舞いを誤魔化そうと、直は大げさに拍手して見せる。

「はあ、すごい……。こんな手品初めてどす」

芸舞妓たちも直に続いて拍手し、ようやく声を出すことを許されたかのように歓声を上げた。

ご、誤魔化せたか？

直は座敷に膝をついてほっと息を吐く。と、炎の虎は直めがけて熱い息を吐き哮《たけ》り立《た》った。火の粉が弾ける。

「うわあ、熱っ」

炎の虎に追われて四つ這《ば》いで逃げまわった。芝居だと思っているのだろう、芸舞妓たちは手を叩《たた》いて囃《はや》す。炎の虎はしばらく直の頭上を舞った後、打ち上げ花火のように散った。

左端は「ふはは」と呪わしい笑い声を響かせ、「さあ、三味線を弾け」と遊びの再開を促した。

「秘書のお兄さん、屏風の方へおいでやす」

直の手を引くのは梅佳だ。

「いや、あの、ちょっと待って。僕は……」

遊んでいる場合じゃないのに。

『とらとら』は三すくみのジェスチャーじゃんけんだった。虎より強い男が母親に弱く、息子に強い母親が虎に弱い。ここへ来た時にふたりの舞妓が四つ這いだったのは虎のポーズをしていたというわけだ。

「あら、また秘書のお兄さんの負けどす。さあさ、お兄さん、どうぞ」

直の盃《さかずき》に冷酒が注がれる。お座敷遊びは勝負に負けたら酒を飲むのが決まりだそうだ。負け続ければ酔いつぶれる。そういうものらしい。

左端は勝負に勝った者に小遣いを出した。直が極端に勝負に弱いと知ると、芸舞妓たちは挙《こぞ》って直と対戦したがった。

「もうダメです。ギブアップ」

フラフラと松の襖に寄って背中をもたれさせる。気持ち悪い。本来直は下戸で一滴も飲めない。良くも悪くも、上からも下からも出るモノがない仮の体だからなせる業だ。行き場のない吐き気だけが腹の中でのた打ち回っている。

直は立ち上がれなくなって、芸舞妓たちが次々披露する舞や三味線をぼんやりした頭で眺めていた。

左端が空けた冷酒の瓶が盆の上に並ぶ。左端は機嫌が良さそうだが酔っている風でもない。時折手品と称して地獄の王の力を披露しては芸舞妓たちの拍手喝采を浴びた。

強く美しい雄に雌は惹《ひ》かれる、そんな野生の縮図がこの座敷に再現されていた。すなわち、弱い雄たる直の傍には一番下っ端の舞妓、梅佳だけだ。

「秘書さん、おしぼりどうぞ」

白い顔に赤と黒で引かれた眉とアイライン、下唇にだけ紅をさし塗られている。唇の上下に紅を入れられるのは舞妓になって一年経過してからなのだそうだ。まだ十六歳と聞いて、何となしに悪いことをしている気がしてしまう。

「若いうちに将来を決めたんだね」

彼女がこれまで何度となく言われたであろう言葉を口にせずにはいられなかった。社会に出る期限が近づいているにもかかわらず先が見えてない直には尊敬しかない。

「そうどすねえ。うちはテレビで豆千絵《まめちえ》姉さんを見て憧れて、京都に来たんどす。秘書さんは？　大きい会社の社長さんに認められはって、すごおすなあ」

「いや、この仕事は……」

地獄の契約だから、とは言えず言葉を濁す。それに、あれが直を認めて選んだなんてことは断じてない。

「秘書さんちょっとこれを見ておくれやす」

梅佳が一層直に身を寄せて、コソコソと懐から写真を取り出した。

「この人、豆千絵姉さんをご存じやないどすか？　今は芸妓を引退しはって、千絵さんいう名で祇園《ぎおん》の料亭にお勤めしたはります」

写真の千絵は和服だが日本髪ではない。化粧も芸舞妓と違って一般的な女性のそれだ。団子にまとめた髪に品のいい白い玉簪が挿してある。丸顔でやや釣り目、気が強そうな印象だ。

「豆千絵姉さんの行方がわからへんのどす」

梅佳の話では、舞妓は二十歳くらいで卒業して芸妓になるそうだ。置屋で面倒を見てもらう舞妓と違い、芸妓は自分で仕事を取り芸の稽古をする。芸以上に営業力が問われるシビアな世界で、引退して別の道を選ぶ人も多いらしい。豆千絵もパトロンの援助を得て小料理屋を開店する夢を実現させようとしていたという。

座敷で他の客の話をするのはタブーだが、梅佳は豆千絵の行方を知っている可能性があるパトロンを探していると小声で話した。

「梅佳ちゃん、それやめなさい言うたでしょ。秘書さんが迷惑しはる」

白と紫の二色使いの着物を着た舞妓、紗貴子《さきこ》が梅佳に写真を仕舞えと注意しに来た。

「姉さんのことを心配する時間なんて梅佳ちゃんにはおへんで。そんなんやからお扇子失《な》くしたりするんやろ」

梅佳の耳元で紗貴子が嫌味っぽく囁《ささや》くのが聞こえ、直の方が気圧《けお》される。女の世界というやつか。紗貴子は直に一瞥《いちべつ》くれると左端の方へ戻っていく。

梅佳はよく物を失くして叱られるのだと俯《うつむ》いた。

「失くした扇子を出してやろうか？」

一段高い座敷から左端の声が降ってきた。相変わらずよく通る美声だ。人の心を抉《えぐ》る危険な声でもある。直は脇に緊張を覚え正座に座り直した。紗貴子はまさか左端に聞こえていると思わなかったのだろう。バツが悪そうに目を伏せた。

「大した罪でもないが、腹に溜《た》まった膿《うみ》の臭気を漂わせている」

左端がパンパンッと手を打つと、手の中に骨の折れた金色の扇子が出現した。場がどよめく。

「こ、これもただの手品、手品ですからね」と直が言い足すと、芸舞妓たちは「黙っていて」という視線をよこした。

左端は折れた扇子をまっすぐ前方に掲げた。すり足で歩き、頭を動かさず妖艶な瞳だけ横へ向ける。先刻、舞妓が見せた振りを完璧になぞらえていた。体が大きい分迫力があり、凛《りん》として美しい。

芸舞妓たちからため息が漏れた。舞に見惚《みほ》れている間に扇子の骨の折れも扇面の破れもみるみる修復されていく。

左端は紗貴子の正面で止まり、艶っぽい眦《まなじり》で彼女を見据えた。

「お前は何をした？」

左端の問いに、紗貴子は「何も」と首を傾げて、目を逸《そ》らした。

「偽りの告白は受け付けん。俺を欺こうなど無駄なことをするな。堕ちた人間があらゆる希望を捨てねばならぬのが地獄、その王が俺だ」

「くうっ」と短く呻《うめ》いたかと思うと、紗貴子が白目をむいて尋常ではない速さで瞬きを繰り返した。唇もわなわなと震え、まるでホラー映画さながらの表情だ。

芸舞妓たちは恐れおののき紗貴子から離れた。

「梅佳ちゃんのお扇子、お休みの日にうちが駅にほかしました。他にもいろいろ」

上擦った声で紗貴子が告白する。紗貴子の言葉は、口を閉じようとすれば瞼の内から、目を閉じようとすれば口から発声された。

「うちは悔しおす。……梅佳ちゃんは踊りも三味線も下手やのに、うちのお得意さんも梅佳ちゃんがかわいらし言うて……」

「お前の悔しさなど俺にはどうでもいい。お前が醸し出す臭気が不快なだけだ。嫉妬を強めたところで迂愚《うぐ》な者に芸事を続ける技術は備わらん。あらゆる欲を形にすれば罪となる。サリギアの臭気は罪の種だ。改めねばいずれ地獄門をくぐり永劫《えいごう》の罰を受けることになる」

傲慢、貪欲、邪淫、嫉妬、貪食、憤怒《ふんぬ》、怠惰を意味するラテン語の頭文字を取ったサリギア、七つの大罪だ。何かの漫画で知った。嫉妬それ自体は罪ではない。嫉妬のためにとった行動が罪になる。おそらくそういう意味だ。左端は地獄を司《つかさど》る王らしく、意外と全《まっと》うなことも言う。

直と目を合わせた左端は微かに片方の口の端を持ち上げた。

「お前は粗末だが臭気はないな」

「え？　ええと、それは……」

直が善人だという意味だろうか。言い方はアレだが悪い気はしない。素直に褒め言葉として受け取ってはにかむ。だが、

「臭わなさ過ぎて居ることも忘れる。存在の薄さは真の死体以上だ」

単に邪魔にもならない存在と言いたいようだ。緩みかけた頬がひきつる。

直はけして左端に認められているわけではない。

＊

「思うように力が使えぬつまらぬ世だが、悪くないものもいくらかあるな。車というものも面白い。力を持たぬ蚊虻《ぶんぼう》ならではの技巧が凝らされている」

直の左側、運転席で着流し姿の左端が満足げにハンドルを握っている。

「左端さん、運転に集中してください。赤信号は必ず止まれですよ」

「うるさい。何度も言うな。俺は一度目にしたことは完璧に習得できる。安心しろ」

「安心できるわけがないでしょう。いいですか、ここは人の世ですから、人の世のルールに従ってください。人にも車にも絶対にぶつかっちゃダメですからね」

直は汗ばんだ手を膝の上で握り締めていた。偽造運転免許証を携帯した飲酒運転の悪魔の助手席など、どんな高級車だって楽しめない。滑らかな革シートも石のように硬く感じた。また地獄へ舞い戻ってしまいそうだ。

芸舞妓を黒塗りのリムジンに乗せて見送った後、左端は唐突に死体探しに出かけると言い出した。翼のエンブレムが輝く青い流線形の車体がホテル車寄せに用意されていた。「大至急で手配させた」と所得顔を見せた左端に、直は鼻白んだ。死体捜索が遅れたのは新車の納車待ちのためだったのではないか？

左端はミーノスの進言で地獄から部下をひとり連れてきているらしい。車の他、着物や芸舞妓の手配もその部下がしたという。

優秀な部下がいるなら、遊んでないでさっさと死体探しをさせたらいいのに。

鬱々とした気分で助手席に乗り込んだ。

そんなわけで。現在午後七時五十五分。すっかり日が落ちた闇夜の中、京見峠を目指している。車は東西を流れる御池通を西に向かって走っていた。堀川通《ほりかわどおり》という広い通りに差し掛かるところだ。堀川通を越えもう一本西にある大通りの千本通《せんぼんどおり》へ出たら後は真っすぐ北へ向かう。

左端ははたして直のナビを理解しているだろうか。暗い窓の外に視線を巡らし、まともに話を聞いているようには見えない。

やがて堀川御池の交差点を青信号で通過した。御池通はここから道幅が狭くなり人通りも落ち着く。直は大きく息を吐いた。籠《こも》った新車の匂いに誘発されてまた胃の辺りにムカつきを感じる。体に酒が残っているせいだ。

「すいません、ちょっと、窓開けて外の空気吸っていいですか」

「ダメだ。開けるな。風に巻かれて人の世の臭気が入る」

「僕は車の臭いに酔いそうなんですけど」

「お前は我慢しろ」

……はいはい。有無を言わさぬ目力に暴圧されて窓を開けるのを断念した。争って得なことなど何もない。特にこの王様相手では。

「いいか、俺はお前よりもっときついむかつきに耐えている。この世は、屍《しかばね》が沈んだステュクスの泥水に戯れるケルベロスの毛皮のごとき悪臭だ。俺はここにいるだけで常にそういうものに晒《さら》されているんだぞ」

「屍が沈んだステュクス？」

地獄の川か池のようなものだろうか。疑問形で返したが、左端には質問を受け付ける気安さはない。答えは聞けなかった。

ケルベロスは冥府の番犬と聞いたことがある。たしか顔が三つ付いている犬だ。死体が混じった泥で遊ぶ犬は確かに臭そうだ。けれど。

「慣れない場所で苦労があるのはわかりますけど、人としてこの世に滞在してるんですから、紛れるように努力してもらわないと困ります。地獄の力を人前で使うのはやめてください。毎度手品では誤魔化せませんよ」

「くだらんことを言うな。別に紛れる必要はない。どこにいても王は王だ」

「じゃあなんでホテル経営者とか……」

「虫の世を誠に楽しむとすれば虫の形になってみねばわかるまい」

その虫の文化をかなり気に入っておられるように見えますが？　文句を言うならとっとと任務をこなして地獄へ帰ればいいのに――。おっと。窓ガラスに映る自分に気づいて額を押さえる。悪口を考えるとまた刻印を焼かれそうだ。

やっぱりこれは秘書じゃなく奴隷だ。

ガクンと項垂れた拍子に頭を窓に打ち付けた。イタタと顔を起こすと、前方にＪＲ二条駅が見えてきた。

「左端さん、次の信号を右です。千本通に入ってください。赤なので停まって……ん？」

黄から赤に変わらんとしている信号機を指さしたとき、突然また青になった。

え？　どうして？　誤作動？

先行車が戸惑ってブレーキを踏み、左端がけたたましくクラクションを鳴らす。

「こら、停まるな、行け。青は進めだろう」

「や、でも、今は赤になるはず……。ま、まさか左端さん、信号の操作を？」

「ああ、地獄の王が通るのだ、人間どもが道を譲るのは当然だ」

「そんな、何してるんですかっ、ダメですよ。危ないじゃないですかっ」

咄嗟《とっさ》にハンドルの上の左端の手を摑む。

「邪魔だ。おとなしく座っていろ」

左端は言下に直の手を振り払った。同時にシートベルトがきつく締まり、直は座席に括《くく》り付《つ》けられる。

まったくもって、聞かん坊の王様は直の手に負えない。有能な地獄の部下はどこにいるのだろう。世話するのが面倒になって逃げたのではなかろうか、という思いが過《よぎ》りゾッとした。こんな厄介者丸投げされたら困る。

「おお、この道の邪気には覚えがあるな。よく知った匂いだ」

屈託している直に構わず、左端は飄々《ひょうひょう》とした口調で言って、懐かしむように窓の外を見回した。そして、出し抜けに「お、そうか」と声を上げた。

「千本通とはちょっと前に木の板が立ち並んでいた通りだな。坂を上れば死体の山だ」

「死体の山？　……もしかして風葬地《ふうそうち》のことですか？　ちょっと前って、それ、平安京末期ですよ。千本通は蓮台野《れんだいの》という風葬地に繋《つな》がっていたんです。木の板は卒塔婆《そとば》といって、死者の霊を慰める梵字《ぼんじ》や経文が書かれたものです。この道沿いにたくさんの卒塔婆が立っていたとか……」

千本通については、バイトでガイドブックの記事を書いたときに資料を読んだので直にもいくらか知識がある。

その名の由来にはこんな伝説がある。修行中に息絶えた僧が、あの世で菅原道真《すがわらのみちざね》と醍醐《だいご》天皇《てんのう》の霊を慰めるよう言付かり、生き返って千本の卒塔婆を立てたという。功徳を積んだ人は生き返りもスムーズだったのだろうか。修行僧があの世で会ったのは悪魔ではなく仏だろうけど――。

かつては朱雀大路《すざくおおじ》と呼ばれ、平安京の中央を通るメインストリートだった。北は天皇のいる大内裏《だいだいり》の入り口朱雀門《すざくもん》から南は羅城門《らじょうもん》までを結んでいたようだ。人や牛車が往来し、路肩には物売りがいて賑《にぎ》わっていただろう。しかし大内裏が度重なる火事で焼失し、天皇が東へ移動したことで朱雀大路は廃れていった。都に疫病が流行《はや》ると、大内裏があった朱雀門の北側に死体が積み上がっていったのだ。

蘊蓄《うんちく》をついつい思い出すまま喋《しゃべ》ってしまった。左端がさぞ退屈そうにしているかと思いきや、意外にも「朱雀とはどういう意味だ？」と興味を示した。

「中国から伝わった伝説の神鳥です。南と火を司ると言われています。南は天を表す重要な方角で、天皇は天に面するよう北に配置されていました。朱雀大路は天と天皇をつないでいたんです」

京都では北へ向かうことを『上がる』というが、これは天皇が居る方角に行くという意味がある。

「朱雀だけじゃなく、東西南北、都は四つの神獣に護《まも》られています」

平安京は風水でいう四神相応《しじんそうおう》、東に流水の青竜《せいりゆう》、西に大道の白虎《びやっこ》、北に丘陵の玄武《げんぶ》、そして南に湖沼の朱雀がある最良の地勢に造られたとされる。定説では青龍は鴨川《かもがわ》、白虎は山陰道、朱雀が巨椋池《おぐらいけ》で玄武が船岡山《ふなおかやま》を指す。ちなみに、玄武とは亀と蛇が合体したような神獣らしい。

「ふんっ、神獣の護りもたいしたことないな。あげく朱雀は死体を運ぶ道となった。血と火の道だ」

左端が難じる。

事実、移ろう時の中で京都の街構造も自然も変化した。主要道路であった朱雀大路は烏丸通に取って代わられ、湖といえるほどの広さを誇ったといわれる巨椋池も今は存在していない。

「でも、京都は特別な存在感を失わずに続いてきたわけですから、一応四神相応のご利益は今もあるってことだと僕は思いますけど？」

とはいえ、ここに左端がいるということは神獣は悪魔の侵入を防げないわけか。

そもそも左端はどこから京都に入ったんだ？　ワープとか？　もしくは……。

「左端さんって、やっぱり小野篁《おののたかむら》が使ったっていう六道珍皇寺《ろくどうちんのうじ》の井戸なんかを使ったんですか？　僕、戻ってきたときの記憶が全く無くて」

地獄での契約の後、気づいたら直はホテルの天蓋付きのベッドの上だった。

「地獄に通じる井戸やら洞窟の類は閉鎖されて久しい。だいたい俺はそんな狭苦しい穴など使わん」

確かに、左端が日本の幽霊みたいに井戸から這い出てくるのはイメージと違う。それこそ、寒々しく卒塔婆が立っている日本の墓地が左端にどうもしっくりこない。

「それにしても、左端さんよく知ってましたね、千本通の卒塔婆のこととか」

「通り掛けに見ただけだ」

「へ？　見た？　じゃあその頃にもこっちに来てたってことですか？」

「悪魔が人の世へ出ることを、神が禁じる前のことだ」

「それじゃ、この世のこと結構知ってるんですね……なんだ」

直が左端よりも知悉《ちしつ》していることといったら人の世のことくらいだと思っていたのに、

実体験として平安時代を知っているとは。なんとなくがっかりして、シートにもたれた。

そのとき、後方でクラクションが鳴り響いた。ビッビー、ビー。ドンッと車の衝突音が続く。

事故？

振り返ると、たった今左端が通過したばかりの交差点の信号が赤に変わっていた。

ん？　あれ？　どう考えても信号が変わるサイクルが速すぎる。

「左端さんっ、ちょっ、また信号を？　じ、じ、事故が起きてるじゃないですかっ」

「あれは俺が起こしたわけではない。俺は運命の操作はしておらん。秩序は保っているぞ。死人が出るとしたら、それはそいつの寿命だ。問題ない」

「なんてことを――」

――この悪魔め。

窓から身を乗り出して後方を見やる。街灯の下にバイクらしきものが転がっていて、人が集まっていた。救急車のサイレンが聞こえてくる。進行方向を見れば、次の信号も左端が近づくと点灯パターンを無視して青に変わった。

「左端さんっ」

左端は素知らぬ顔で真っすぐフロントガラスの先を見ていた。その視線が追うものは
――闇夜の中に羽を広げる黒い影。

「カラス？」

黒い体が街灯の光をテラテラと反射している。

「俺の部下だ」

うそ。優秀な部下って……カラスなの？

……待てよ。もしや左端はずっとカラスに誘導させていたということか。

左端は最初から直のナビなど聞いていなかった。

＊

カラスに導かれて行き着いた先は、京見峠ではなく、それよりずいぶん手前にある船岡山だった。そう、四神相応の北の護り玄武である。

左端がパーキングに車を停めるのを見届けると、カラスは幽暗な空へ姿を消した。

船岡山は標高百十二メートルの小山で、現在は北西部が船岡山公園、南東部が織田信《おだのぶ》長《なが》を祀《まつ》る健勲神社《たけいさおじんじゃ》になっている。清少納言《せいしょうなごん》が『枕草子《まくらのそうし》』で「岡は船岡」と称《たた》えた眺望は今も健在で、五山の送り火を見る絶好のスポットとしても知られる。けれど平素には日が暮れてから訪れるのをお勧めしない。京都の夜景は慎《つつ》ましく、木々に囲まれたこの場所は殊更暗い。

直の足元には大柄の男が横たわっていた。

「で、こ、この人は誰なんですか？」

結論から言うと見つかった死体は直ではなかった。暗過ぎて男の体の輪郭くらいしかつかめないが、夜目が利く左端が言うには、作業着を着た髭面《ひげづら》の男だという。

「これがどこの誰かは今からお前が調べるんだ」

「えっ、なんで僕が」

場所は山頂近くの遊歩道から脇に逸れた斜面だ。死体を包み隠すように木の枝が覆い、茂った葉影が視界を一層悪くしていた。

「調べるって言ったって、暗くて僕には何にも見えないんですけど？」

努めて素っ気なく答える。振り回されてすっかり腹が立っていた。左端と口をきくことさえ気が進まない。

「なんだ？　人間の目はこの程度の暗さで働かないのか。全く以《もっ》て能力が低い」

長大息の気配とともに鮮紅色の火の玉が直の目の前に灯った。火が付いているのは例のごとく左端の指先だ。左端は袂《たもと》から取り出した黒い鳥の羽根の先に火を移し、近くの樹《き》の幹に挿した。半径二メートルくらいの範囲の視野が辰砂《しんしゃ》さながらの朱色に灯される。

「うわ……」

すごいという言葉はすんでのところで飲み込んだ。

足元の死体が際やかになって存在感を増す。

同じ死体の分際でこんなことを言うのは恐縮だが、気持ち悪いものだ。独特の臭いも、色も。これから朽ちていくことを想像し憐《あわ》れむ自分の情緒もひっくるめて。

「はやく調べろ」

左端に急かされ直は顔をしかめてしゃがみ込んだ。

だから、なんで僕が。

作業着の男は上半身を木の幹と幹の間に挟まれるようにして転がっていた。草木の出すものと違う、「生き物の生きていた証である臭い」がより強く襲ってくる。

直は本日何度目かの空嘔《からえずき》をして、男の足元、履き古されたスニーカーに目を落とす。

外を向いて膝が曲がった脚、失禁の跡が見られる股の部分が特に土で汚れていた。

どしりと肉付きのいい作業着の上半身に目をやると、目も口も限界まで開いたような痛ましい形相があった。太い首にロープが二重に巻き付いている。ロープは大柄な男の息を止めるには頼りない太さに見えた。

作業服の胸ポケットから覗いていた迷彩柄の二つ折り財布を抜き取る。いつもここに入れていたのだろう、ポケットには財布の形がくっきりと残っていた。

「左端さん、これ、僕が触っちゃってよかったんですかね、指紋とか」

「死体の指紋など残るか」

「ああそうか……。ええと、メンタルクリニックの診察券と、あ、免許証があります。名前は徳野《とくの》恵三《けいぞう》さん、年齢は、えっと、四十歳で住所は南区です」

直がスリならがっかりしてしまう財布だ。お金はコインポケットに数百円の硬貨しか入っていない。紙幣を収納するスリットには白い一筆箋が一枚挟まれていた。

「『責任はすべて自分にあります』……遺書？　あれ？　この人殺されたんですよね？」

「なんでそう思う？」

「だって、自殺だったらその辺の木で首を吊っちゃった方が絶対楽でしょ。自分で首絞めるとか怖いし、普通途中で気を失いますよ。それにこの人ものすごく怒った顔してません？　僕、前に首つりの死体に遭遇したことあるんですけど、もっとなんていうか青白いっていうか、ぐったりしてる印象でした。この人は誰かに首を絞められたんじゃないんですか？」

徳野恵三の死顔は悲しみや憂いよりも憎しみに満ちている。

「いや。絞められたように見えるように紐《ひも》を結んであるだけだ。結び目をよく見ろ。小枝を挟んでねじってあるだろうが。万が一手を離しても絞めた紐が緩まぬようにしたんだろう」

左端が軽く膝を折って徳野の首元を指さす。そう言われれば。他殺ならあんな細工はしない。でも。自分で絞めた？　ついついわが身に置き換え想像し、身が縮む。

「殺されたように見せたというのは、死に追い詰めた誰かを責めてるんですかね」

「死体の考えなど俺が知るか」

「地獄の裁きでは動機とか心の葛藤とか、そういうのは考慮しないんですか？」

「地獄では真実が見通せる。俺は真実に基づき裁くだけだ。亡者の感情など関係無い」

地獄では情状酌量なんてないのだろう。自殺だろうが他殺だろうが命を奪ったという行為に対して罰が与えられるということか。

「これはただの自殺だな。それがわかればもうここには用はない。わざわざ俺が人の世で関わる必要のないことだ。行くぞ」

「ただの自殺ってそんな軽く――。メンタルクリニックの診察券もあったし、何かすごく悩んでたんですよ。この人にはこんな死に方をしなければいけなかった理由が何かあったはずです。きっとなんかすごく苦しい事情が」

直が理由を知ったところで徳野恵三の無念が晴らせるわけでもないけれど――知りたかった。腰元に目を移す。作業ズボンのポケットのスリットが口を開けていた。深呼吸の後、直は思い切ってそのスリットに手を差し入れた。出てきたのはキーケースと丸められた走り書きのメモだ。何かの書類を裂いたものの、裏面に書かれている。

「『バケモノが死体とはせ川をのみこんだ　もうしわけない。ゆるしてくれ。シガの件、だれもにげられん　社長たちも知事もおれも、みな悪人、ユカリすまんかった』さっきの一文とはある意味正反対って感じですけど、こっちの方が本音っぽいですね。バケモノってなんでしょうか。……恨んでるのは社長たちと知事ってことかな」

意味はよくわからない。けれど書き言葉と話し言葉が混じり、ほぼ平仮名で綴《つづ》られた文には切迫感がある。紙を裏返してみると、『許可証』という文字とその下に京都府知事の名が見られた。大きな角印が名前の最後に押されている。

「これ、何の許可証の切れ端でしょうか。徳野さんは社長か知事の何か重要なことを知ってしまって、追い詰められたとか……」

「バケモノが、飲み込んだ」

左端は眉間に皺《しわ》寄《よ》せ、珍しく何かを考えるように顎に手を添えた。

そのとき頭上で羽音がした。葉群の影から一層黒い片影が飛び込んでくる。その塊は左端の炎の明かりの下でカラスの姿を顕現させた。カラスは左端と直の間に降り立ち、後ろ手に手を組むように羽を閉じた。一般的な個体より一回りほど大きく、やたらに羽の艶がいい。街でゴミを漁《あさ》るカラスとは一線を画す気品と品格を感じさせる。黒い体をまじまじと眺めて、おや、と思う。

首の模様……このカラス、ホテルで見た……ん？　模様じゃない……これは──蝶《ちょう》ネクタイ？　カラスの首周りには光沢を帯びた黒い生地のリボンが結ばれていた。まるでタキシードに身を包んだ紳士だ。

紳士カラスはグッと嘴《くちばし》の先を上へ向けて左端を見上げ、

「お着物、たいへんお似合いでございます」

「え？　ええっ？　ええええっ？」

喋った！　カラスが喋った。しかも甘い響きのある若い男のイケボで。面食らって目を見張る。

「俺は何を着ても様になるからな」

左端は昂然《こうぜん》と肩をそびやかせる。直の吃驚《きっきょう》は放置だ。

「はい、サマエル様」

カラスが頭を低くする。

「……サマエルサマ？」

回文みたいなカタカナを復唱してカラスと左端、交互に視線を送る。

「俺の天使名だ。その名で呼ぶのはこのラミエルしかおらん」

「ラミエル？　天使？　俺の？　は？　左端さんが天使？」

混乱して得心できない。こんな偉そうで自分勝手なものが天使？

みるみる直の眉間が狭くなる。が、卒然として閃《ひらめ》いた。

「ああっ、そうか、悪魔のこと堕天使って言うんでしたっけ」

ポンと手を打つ。と。能面じみた無表情が直をすげなく見下ろした。

「その呼び名は気に入らん。俺は堕ちたわけではない。神より地獄を任されただけだ」

「サマエル様は天使でもあり悪魔でもあられる、唯一の方です」

カラスが左端の方へ手を向けるように片方の羽を開いた。続けて、「ご挨拶が遅れました」と直に向かってちょこりとお辞儀をして、自己紹介を始めた。

「私はサマエル様が地獄の王となられるより以前、天国におられる頃よりお仕えしております、天使ラミエルと申します。人の世におきましては、サマエル様の陣中の外ではこのような姿でしかお目に掛かれず、恐縮です」

「ということは、つまりカラスは仮の姿ってことですか？」

「さようでございます。姿形や能力まで維持したまま人の世と地獄を往来されるのは、神の他にサマエル様ただおひとりでございます。本来天使は鳥や動物に形を変え、悪魔は人や動物に憑依《ひょうい》します。そうせねば人の世に留まることができません」

ラミエルはそれから、左端の力がいかに偉大であるか、自分が左端に随行できることをどれほど光栄に思っているかを語り、つぶらな黒い瞳からポロポロと雫《しずく》を垂らした。

左端の部下というよりファン？　いや信者の域だ。

「あの、感極まるお話中に申し訳ないんですけど——僕らはなぜここに？」

遠慮気味に訊《たず》ねてみる。ラミエルはブンブンと小さな体を揺すって涙を払った。

「失礼いたしました。私としたことが」

「ラミエル、この死体からは悪魔の気配は感じられぬが——」

左端が顎をしゃくって徳野の死体を指した。

はて、悪魔の気配とは？　直は頭を捻《ひね》りつつラミエルの回答を待った。ラミエルは姿勢を正すように羽を体に沿わせた。

「徳野恵三の死には『九層の鏡』が関係しているようです、サマエル様」

きゅう……？　……何の鏡って？

「やはりそうか。徳野の遺書にバケモノが飲み込んだと書いてあった」

「この男の周辺に逃げた悪魔及び鏡がある可能性が高いかと」

「ああ。しかし、俺が感じているものに比べるといささか魔力が弱い。塵《ちり》クラスの小悪魔群が起こせる厄介事には思えぬが……」

聞いていれば話が見えてくるかと思いきや、ますます訳がわからない。直は完全に蚊帳の外だ。

「ちょっ、ちょっと。何なんですか、さっきから。何とかの鏡って？　悪魔の気配ってなんです？　僕だけ迷子なんですけど」

存在すら忘れられていそうで、直はふたりの間で両手を大きく振ってアピールした。

左端に邪魔くさそうに目の端で見られる。

「なぜお前に理解させる必要がある」

「あるに決まってるでしょう。だって今僕の体を探してるんじゃないですか？」

直は自分の胸を叩いて、精一杯の抗議の姿勢を見せた。端整な向こう面は悪びれもせずに答える。

「些末《さまつ》な人間ひとりの生き死ににだけにかまっているわけにはいかなくなった。この俺の手を煩わせる愚か者がお前以外にもいるということだ」

「煩わせるって……。僕が死んだのは……地獄の不手際ですよね」

左端の方へ身を乗り出しかけて、スラックスの裾をラミエルに嘴で引っ張られた。左端は長い人差し指の先で直の額を突く。

「お前、あまりうるさいことを言うと自殺者扱いにして地獄第八圏へ送ってしまうぞ。嘆きの樹に埋め込んでハルピュイアイにつつかれてしまえ」

「な、何ですかハルピュイアイって」

耳慣れないカタカナの単語に困惑してラミエルに助けを求める。

「女性の顔に鳥の体の生物です。ハーピーとも言いますね。自殺者の森におります」

嘆きの樹に押し込まれた自殺者は、ハルピュイアイに顔をつつかれ血や膿を滴らせたまま放置されているらしい。ラミエルは九層の鏡の説明を続ける。

「直さんを巻き込んだ光の爆発、おそらくこれに地獄最下層第九圏にございます九層の鏡が関わっています。九層の鏡とは、神やサマエル様に背いた悪魔が捕らえられております檻《おり》。地獄の氷と天国の石を九の層に重ねて造られたものです。本来傷をつけることすら難しいはずですが、この度何者かがこれを割り、悪魔を人の世へ逃がしたことがわかりました。鏡の欠片《かけら》も一片見つかっておりません」

つまり脱獄した悪魔が地獄の鏡を持って京都に逃走中ということ？

「そっ、それって、結構大変なことなんじゃないですか？　この世の中に悪魔に憑かれた人間か動物がいるってことでしょう？　やっぱりまずは京見峠に行くべきでは⁉」

「京見峠はとっくにラミエルが調べた」

「はい。鏡はすでに運び出された後でした。死体の気配もございません」

「でも、ホテルを出るときには京見峠に行くって左端さんが……」

「山道は信号がないと聞いたからな」

「は？　はあ？　ただ思いきり運転したかっただけってことですかっ。そんな悠長なことを言ってる場合ですかっ。地獄の危険物が爆発してるんですよ」

「直さん、落ち着いてください。爆発については鏡そのもののエネルギーではなく、何がしか別の力が働いたのではないかと思われます」

別の力って何だ。理解の範疇《はんちゅう》を超える情報を増やさないでくれ。消化不良になる。

「何者かが九層の鏡を隠し持っているならば、逆に人間は安全だと言えるかもしれません。鏡の恐ろしさは闇の吸引力でございます。その輝きは見る者すべてを魅了し、触れた者を暗く果てしない異空間へいざなうのです。中に落ちれば人間など到底生きてはおられません。悪魔や天使でさえ絶望を知る闇と恐れています。九層の鏡を扱えるのは神かサマエル様のみ」

なるほど……。地獄の王が自ら出向いてくるわけだ。直は眉間を揉《も》む。地獄の鏡と悪魔と直の本体。左端の探し物優先順位はどう考えても直の本体が一番低い。そんな直の考えを読んだのか、ラミエルが励ますように広げた翼で直のふくらはぎに触れた。

「サマエル様が直さんの本体の所在を摑めておられないということは、九層の鏡の闇の中にある可能性が高いと思われます。そうであれば、本体は腐敗が進むことも、まして白骨化するようなこともなく保存されているはずです」

「も、もしそうだったら、鏡から出せるんですか？」

「鏡を取り戻せさえすれば簡単なことだ。俺を誰だと思ってる。地獄の王だぞ」

「なんだ、それじゃあ、悪魔が持ってる鏡を見つければ一気に片付くってことですね」

生きる希望が湧いてきた。高揚した声を出した直を見て、左端とラミエルが意味ありげな視線のやり取りをする。なんだろう、感じ悪い。

いずれにせよ、徳野恵三周辺から手掛かりが見えてくるだろうという結論に至った。

「サマエル様、近くに徳野のものと思われる車がございました」

「案内しろ。その後、ラミエルは京都府知事の周辺を探れ」

「はい」と返事をするが早いか、ラミエルは瞬く間に宙へ飛び上がった。

＊

徳野恵三の車はホロ付きの軽トラックだった。左端が車を置いた場所とは別のコインパーキングで、街灯の下帰らぬ主人をひっそりと待っていた。白い車体に跳ねた泥の跡が血のとばしりに見える。

「この車、今朝京見峠ですれ違いました」

荷台の両サイドに『藤美《ふじみ》グループ』と社名があった。峠では車のスピードが速すぎて社名が一部しか読めなかった。年季の入った古い車体に対して、社名のペイントは妙に新しい。ひどく怯《おび》えた大柄の運転手、あれは徳野恵三だった。間違いない。

鍵のかかった運転席のドアは左端が強く引くと造作なく開いた。折れた金属の部品が落ちる。警察の捜査に支障が出るようなことは避けてほしいが、悪魔にそんな気遣いはない。まあ、積極的に止めなかったのは、直自身も徳野という男を知りたかったのだ。

車内は強烈なタバコの臭いだった。灰皿に吸い殻が山になっている。運転席は泥だらけ、助手席はコンビニ弁当のゴミや薄汚れたタオルなどで埋めつくされ、汚れた作業用手袋が怨霊の手形のようにドアポケットからはみ出ていた。

「ごみ山だな。人の世とはゴミの世だ。あれはなんだ？」

「どれです？」

ひょっこりと左端の前へ身を滑り込ませた。助手席のゴミの中に街灯の光を反射する物がある。スマホだ、と認識できた瞬間「早く取れ」と肩を押された。力加減を知らないのかわざとか、とにかく力が強すぎる。

「ひぎゃっ、いてっ」

直はつんのめってざらつくシートに倒れこみ、サイドブレーキで右手の中指を突いた。

「痛いじゃないですかっ、そんな馬鹿力で押したら」

「馬鹿？　この俺に向かって馬鹿だと？」

キンと冷えた声色が頭のすぐ後ろで響く。

「そ、そういう意味じゃありません。力が過剰ってことです」

機嫌を悪くさせたら厄介だ。指の痛みを我慢してゴミに埋もれたスマホを取り上げる。

「徳野さんの死に誰が関わっているか、これを見れば手がかりがあるかもしれません」

直の手を覗き込んで左端が身を屈《かが》める。顔が近い。いつもは見られない角度で尊顔を拝しつい目を奪われる。すっと通った鼻筋を俯瞰《ふかん》すると、好奇の目が輝いていた。

なんだかんだ言って人間の道具が大好きなのだ、左端は。

「これはスマホといって、まあ、……通信機です」

「ほお。どう使う？」

「ええと、電話したり……ネットでいろいろ調べたり、写真も撮れる便利なものです。けど……、これは電池切れですね。充電しないと」

「使えぬ？　まったくお前は肝心なときに役に立たん」

左端はチッと舌打ちして運転席から離れていく。

「なっ、その言い方はないでしょう。僕のせいじゃないのに。あ、ちょっ、左端さん、行っちゃうんですか？」

「そんな臭いところに居られるか」

肝心なときに役立たずなのはどっちだ。

左端の影がホロに隠れて見えなくなると、直はスマホをスラックスの尻ポケットに押し込んだ。改めて車内に目を走らせる。

詰め込み過ぎで蓋が締まらなくなっているグローブボックスから書類をまとめて引っ張り出す。くしゃくしゃに丸められていた書類の切れ端が転がり落ちた。

産業廃棄物収集運搬業許可証……あ、これ。

紙の質感、印刷部分の文字配列でわかる。徳野の遺書に使われた用紙の断片だ。徳野はこの場であれを書いたのだろう。意図して知事の角印が入った紙を使って。

作業点検表のバインダーには名刺が数枚挟まれていた。『藤美グループ』の子会社

『徳野解体』社長とあり、ふたつの会社の住所と電話番号が書かれている。それを一枚胸ポケットに収め、ペラペラとページを繰った。記入済みの作業点検表の作業員サイン欄に、徳野の名に並んで『長谷川《はせがわ》』という名が見られる。

長谷川って、徳野さんが遺書で謝ってた人だよな……。同僚ってことか。

ふたりの間に何があったのだろう。仲は良かったのだろうか。

真実を知りたいと思えば、他人のプライベートに踏み込むことになる。見せたくないと隠していることを探して触れることに、漠たる心苦しさを感じた。だが。徳野の死の真相を詳《つまび》らかにすることは徳野の無念を晴らす手伝いになるのではないか。そんな風にも思えて引けなくなった。

書類の山に一通り目を通し、元へ戻そうとして気づいた。グローブボックスの底に二冊の銀行通帳と印鑑ケースが入っている。書類の陰に隠れていたものが、書類の束を取り上げた拍子に奥に落ちてしまったのだろう。通帳のお金は今日の日付で全額引き出されていた。

徳野は死ぬ前にお金を下ろしたようだ。何のために？　首を傾げ印鑑ケースを開くと、中に小さくたたまれた電子の振込用紙が入っていた。送金先はハセガワトシカズ。金額は下ろした全額に合致する。『ゆるしてくれ』と遺書の言葉が脳裏にほのめく。朱肉で赤く汚れた紙はまるで血糊《ちのり》にまみれているようだった。

命と全財産をかけて謝罪するほどのこととはなんだったのか。

「左端さん？」

運転席を下りて荷台へ回ると、左端が半分ほどホロを剝《む》いて中を覗いていた。

荷台はほとんど空だった。荷物という荷物はロープひと巻きくらいだ。徳野の首に巻かれていたものと同じものだろう。

荷台の表面に触れる左端に倣って直も指を押し当ててみた。普通の砂より白っぽい人工的な粒が付着していた。

「あ……、なんかざらついてますね。解体工事で出たコンクリートか何かですね」

同意を求める直を尻目に、左端の長い指が荷台の底の溝にはまり込んでいた白いビー玉のようなものを拾う。

「これは解体工事とは関係なさそうだな」

「左端さん、それ、もしかして……豆千絵さんの簪では？」

白い玉には繊細な金色の花模様が入っていて、折れた軸がつながっていた。舞妓の梅佳が見せてくれた写真が脳裏に呼び覚まされる。豆千絵と徳野に何かしらつながりがあったということか。

血と炎の道、朱雀

直の生き返りをかけた死体探しは、脱獄悪魔の捕縛と地獄の危険物回収のおまけに過ぎないことが明らかになった。運の悪さは十二分に自覚している直である。一筋縄ではいかないことは予見していた。さりとてここまでややこしい話になるとは。直の本体が九層の鏡の中にあるというラミエルの予測を信じて、左端に付き従うしかなかった。

左端は藤美グループの本社所在地を確認した後、羅城門跡近くにやってきた。

羅城門とは朱雀大路の南端、平安京の正門だ。金色《こんじき》の鴟尾《しび》を置いた雄大なものだったらしい。今では九条通《くじょうどおり》と千本通の交差点近くの公園に跡地を示す石碑がひっそり立っているばかりだ。

リサイクルショップ雅《みやび》はその羅城門跡地の南側にあった。左端が言うには、オーナーの鈴木《すずき》雅史《まさし》は、今回左端が京都に来る際に非常に役立った悪人だそうだ。労に対しての報酬も与えたという。

店舗一階は雑多な物で溢《あふ》れていた。商品と呼べるかも怪しい域のものもある。そういう判断もひっくるめて客に委ねるスタイルなのだろう。二階は居住スペースのようで、階段を降りてきた鈴木は中年太りの体に柄が褪《あ》せたパジャマを着ていた。悪人のイメージには程遠い容貌だが、左端の運転免許証を偽造したのはこの男だという。

鈴木は左端を見るなりひっくり返るほどの動揺を見せた。シャッターを下ろした深夜の店に、いつとなく侵入されていたのだから当たり前か。

「さ、さた、さた、左端さん。どどどど？」

壁の棚につかまり、生まれたてのヤギみたいに震えて立ち上がる。

「よう元気か、鈴木」

左端は五千円の値札が付いたマッサージチェアに座って朗々と挨拶した。左端が男の名を呼んだことに物珍しさを覚え、『死体』と言われるよりいいなと思っているそばから、「こいつは俺の秘書だ。死体だけどな」と紹介された。

「今夜は夜逃げの仕事は無しか？」

左端が訳知り顔で薄く笑みを浮かべる。どうやら鈴木には裏の事業があるらしい。

鈴木は頭に脂汗を光らせてぎこちなく笑った。

「そう怯えるな。今回はお前をどうこうしに来たわけではない。別件だ。聞きたいことがある。それと、スマホとやらの充電器を借りた」

左端の足元の延長コードにはリサイクル商品の中から持ち出した充電器がつなげてある。徳野のスマホが充電中の赤いランプを灯していた。

鈴木は承知したというように首を縦に振った。

「き、聞きたいこととは？」

「伏見区《ふしみく》の藤美グループという産廃業者を知ってるな？　さっきその会社へ行ってきたんだが、誰もおらん」

深夜零時になろうとしている。会社に誰もいないのは当然だ。藤美グループは、森閑たる夜の工場街に要塞のようにそびえたっていた。左端はその建物に悪魔や九層の鏡の気配を感じなかったらしい。

「はぁ、……では私じゃなくて、藤美さんのことを話せば……」

他人事《ひとごと》と思い安堵したのか、鈴木は張っていた肩を下げ会計デスクに手をついた。

「そう言っているだろう。藤美について知っていることをすべて話せ」

何度も言わせるなという左端の威圧的な物言いに鈴木は姿勢を正した。

「はっ、はいっ、ふ、藤美グループの社長は、藤川弘樹《ふじかわひろき》さんといいます」

「そいつは今どこにいる？」

マッサージチェアのリモコンを弄びながら左端が言う。

「ええと、住まいは確か岡崎《おかざき》の高級マンションです。儲《もう》かってますから」

鈴木は親指と人差し指で輪を作り「金」を示した。

京都市左京区の岡崎と言えば、平安神宮をはじめとする神社や京都市京セラ美術館などの文化施設が数多く立ち並び、裕福な人が住むとされる高級なエリアである。

「弘樹さんは、絵に描いたようなワンマン社長でして……自信家で利己主義。府知事をはじめ政治家の知り合いが多くて、人脈を利用して会社を大きくしてきました」

「『府知事』」と左端の声と直の呟《つぶや》きが同時になった。

「ええ。あの業界は知事の許可が必要なことが多いですから……。その付き合いは特に大事にしてます。……反対に、従業員は使い捨てで、まずい仕事を任せては上手《うま》くいかんと平気で見捨てます。最近では徳野解体の徳野さんがいいカモに……」

左端が詳しく話せと鈴木に視線で合図する。鈴木は頷《うなず》き、続ける。

「三年ほど前に、徳野解体を藤美さんが吸収したんです。徳野さんは経営不振の最中に奥さんのユカリさんに逃げられたりして落ち込んでましたし、藤美に感謝してるとは言ってますけど。もともと使われやすい人なんでしょう。あっちこっち行かされて、いろいろやらされてますよ」

「京見峠の方へもよく行ってたか？」

「ああ、京見峠といえば、今朝爆発があったらしいですね。ニュースで見ました。あの現場近くに、徳野解体が借りていた資材置き場があると聞いてます。……ですけど、徳野さんも藤美さんも今それどころじゃないと思いますよ」

藤美グループは滋賀県の造成地への不法投棄を調べられているという。藤美としては徳野ひとりに責任を負わせてこの件を収束させたいようだ。徳野の遺書にあった『シガの件』はこのことに違いない。藤川弘樹は京都府知事辻山邦夫《つじやまくにお》に金を渡してある程度の不正には目をつむらせているが、今回は規模が大きすぎたらしい。

「徳野さんを切って、なかったことにするんでしょうけど。……あの人はおそらく、大きい声で言えんようなゴミも処分させられてますし」

　言えんようなゴミとは？　ヒヤッとして全身の毛が立ち上がる。

「死体か？」と左端があっさりと言い、鈴木が「噂《うわさ》ですけど」と応える。

「昔からその手の噂はよく耳にします。山に埋めるとか、車ごとスクラップにするとか。行方不明者なんて、全国にたくさんいるでしょう？　……不法投棄の漏洩《ろうえい》と重なって、徳野さんが可愛《かわい》がってた部下も四日くらい前から行方知れずらしいです。長谷川君、だったかな。去年子供が生まれたばっかりで、失踪するなんて考えられません」

　だとしたら？　胴震いと同時に直の奥歯が鳴った。

「……消されたんじゃないかって、裏では言われてます」と鈴木は事もなげに言っておいて、「徳野さんにとっては藤美に入る前からの部下ですから、相当ショックでしょうねえ」なんて薄っぺらな同情を付け加える。

　事実なら、徳野は上司として責任を感じて相当苦しんだだろう。不憫《ふびん》だ。

「くだらん。抗わず堕ちていくものなど意志薄弱なだけだ」

左端はさも退屈そうに伸びをした。

抗わない人の良さや優しさが社会を上手く回すこともあるはずだ。ただ弱いと切り捨てられていいわけがない。反論したところで悪魔に人情の機微などわからないか。

「して、お前はどこから徳野の転落に関わっていた？　なぜ徳野解体は潰れた？」

左端は鈴木に不気味なほど穏やかな顔を向けた。突然の問い掛けに鈴木は戸惑いを見せる。

「と、徳野さんが潰れたのは……徳野さんの信頼を落とすような噂が取引先に流れて」

「鈴木よ、正確な情報を言わないと直接お前の肝に聞くことになるぞ？」

左端がマッサージチェアのリモコンを持って立ち上がり、鈴木のデスク正面ににじり寄る。

「やめて、やめてください」

鈴木は後ずさり、椅子に足を引っかけて転倒した。床に乙女のように横座りした鈴木のパジャマの裾がめくれる。左端が鈴木にリモコンを向けると、エイリアンが巣食うように鈴木の腹の肉がもこもこと動きだした。今にも肉を裂いて何者かが飛び出してきそうだ。ぎゃあああっ、気持ち悪っ……！　直は両手で口を押さえて目をむく。

「ひっ、ひいいいいい。やめ、ひっひいい」

鈴木が身をのけぞらせて絶叫した。赤子でも産み落とさんとしているような格好だ。

「肝を摑まれるのは気分がよくないだろう。どうだ？　思い出したか？」

左端の涼しい声。思い出す？　過去にも同じことがあったのか。身もだえ悲鳴を上げる鈴木を左端は尚《なお》も容赦なくリモコン操作で攻め立てる。鈴木の額に尋常でない量の汗が伝う。

「じ、自分ですっ」救いを求めるように鈴木の手が上がる。「自分が、徳野解体さんの信用性を失わせる情報をでっち上げ、徳野さんの取引先に伝えましたあああああやめてっ、やめてえええええ」

大絶叫の後、徳野解体の複数の取引先建設業者に契約を破棄させ、藤川弘樹から報酬を受け取ったと告白した。解体後の土地にゴミを埋めさせるため、弘樹は徳野の弱みを握り自社に引き込んだという。徳野解体の倒産は藤川弘樹に仕組まれていたのだ。

「ひどい」

直は鈴木を蔑みの目でねめつけた。

左端はリモコンの操作を止めて机の上にどっかと腰かけた。

「徳野の弱みとはなんだ？」

「すんません、……それは知りません。自分だけの人形にするって。副社長……甥《おい》の徹《とおる》さんも知らんようです。なぜ、徳野さんが社長にあんなに従うのか」

鈴木は涙目で首を横に振る。

「副社長とはどんな人間だ？」

「徹さんは……弘樹さんの陰へ隠れて、……旨《うま》い汁だけ吸うようなところがあります。……ただ、このところふたりの関係は微妙でして。今、徹さんから弘樹さんの奥さんの浮気調査を依頼されてます」

弘樹は七十二歳で、結婚は五回目らしい。今までの妻との間に子はなく、古希の祝いの席で近々徹に社長の座を譲ると話していた。ところが去年、思いがけず子宝に恵まれた。すると弘樹は前言を撤回し、出来る限り自分が社長を務めて息子につなげたいと言い出した。慌てた徹が伯父の嫁の身辺調査を始めたという。

「徹さんは、弘樹さんの子供のＤＮＡ鑑定もしてるみたいです。結果はおそらく徹さんの思惑通りでしょう。夕方、藤森《ふじのもり》神社の前で偶然徹さんに会いました。神託が下ったんだとか。『俺の時代が来る』なんて言ってました」

藤森神社は伏見区にある勝運と馬の神社だ。徹にとって氏神ということだろう。

「俺の時代？　そんなもの神が与えるか。愚か者め」左端は腕を組んで鈴木を睨《にら》む。

「で、お前は社長と副社長どっちから多く金を受け取った？」

「えっ、そ、それは……弘樹さんです。……徹さんは羽振りがいい方じゃないもんで」

「ほう」と軽い相槌《あいづち》——あるいは嘲笑か、が左端の口から零れる。

「あ、あの、鈴木さん、藤美グループの周辺で豆千絵さんという元芸妓さんと親しくしてた人っていないですか？」

直はたまらず訊ねた。

「芸妓？　さあ、……特に贔屓《ひいき》にしてる芸妓がいるとは、聞いたことがないですね」

「じゃあ徳野さんは？」

「いやいや、徳野さんがお座敷遊びなんて、それはない」

鈴木は蠅《はえ》でも払いのけるようにして手を振って否定する。

「よし、鈴木、ご苦労。やはりお前は使えるな。すぐに死なせずにおいて正解だった。今回は寿命はやれんが、これをとっておけ」

左端は懐から重ねた紙幣を出した。鈴木の顔がだらしなくにやける。左端が放り投げた一万円札がデスクにパラパラと散った。

「金は店のシャッターの修理にでも使え。俺がさっき壊した。じゃあまた、地獄でな」

紙幣をかき集める鈴木の手が止まる。

まさしくこの世のものではない美貌の王が冷ややかに微笑《ほほえ》んだ。

＊

眼下に広がるのは京都の夜景だ。派手なネオンは一切ない。閑寂な闇にオレンジの温かな灯《あか》りが、蛍の光のごとく点々と滲んでいた。小さな箱舟にのってその中を悠々と漂っているような気分になる。

「ふはぁ、綺麗《きれい》ですね……」

直は窓に吸い込まれるように近づき、嘆息をもらす。

ヘリコプターのナイトクルージング、なるほどこれはネットで紹介されていた通りプロポーズにお勧めだ。雰囲気に流されてころっと承諾してしまいそうだ。いや、こんなところまで一緒に来ておいて、求婚を断れる人なんていないだろうけど。直ですら、「気に入ったか?」と左端に頬を手の甲で叩かれ、「はい、とても」なんてしおらしく素直に答えてしまった。

「さっきまでうるさく反対していたくせに」

操縦桿《かん》を引いて高度を上げながら左端が意地悪く横目で睨む。

「え、ええ、今だって、ヘリコプターを無断で拝借するのは反対ですよ、もちろん」

「借りるのがダメならこのまま買い取ってやってもいい。自らの体で飛べないとはどれほど不便なことかと思っていたが、機械を操るというのは別の楽しみだ」

「買っても地獄に持って帰れないでしょう。この世でも日常的に乗るようなものじゃありませんし」

ヘリコプターなど一度も乗らずに生涯を終える人の方が多い。だからこそ一生に一度の思い出作りに選ばれたりするのだ。そう思うと、こうして見下ろす幻想的な景色をしっかりと目に焼き付けておきたくなる。でも。

「この中に悪魔がいるんですよね」

「ああ。逃げられぬよう結界を張ったからな」

そうだった。結界を張るために京都の全景が見られるものはないかと問われ、ネットで地図やら航空写真を見せたのが始まりだった。鈴木の店でフル充電した徳野のスマホを使い、左端にネット検索の方法を教えた。案の定、左端はスマホにはまり、本題から逸れて遊び始めた。偶然ヘリコプタークルージングの広告を見つけて今に至る。

左端は動画を見ただけで操縦をマスターしてしまった。怖いくらい学習能力が高い。こんなハイスペックなら生きるのが楽しいだろうな。

この世を満喫したくなるのもわかる。だが、脱線してもらっては困る。

悪魔は人や動物に憑依してこの世に留まると聞いた。ならば脱獄した悪魔は藤美グループの関係者に憑いているはずだ。中でも可能性が高いのは社長か副社長、もしくは府知事か。直でもそこまで予想がつくのだから、地獄の王ならとっくに解決できそうなもんじゃないか？

「遊んでないで早く悪魔を捕まえましょうよ」

プロペラの振動音にかき消されないように左端の方へ身を傾けて声を出す。

「いいだろう、その三人のところへ地獄の業火を放って悪魔を炙《あぶ》り出《だ》すぞ」

「そんな乱暴な……。悪魔退治って安全にはできないんですか？　これ以上関係ない人間を巻き込まないでほしいんですけど」

「お前が早く捕まえろと言うから、火を放つという迅速かつ確実な方法があると教えてやっただけだ。それが許されぬ場だから、この俺が煩わしい思いをしている。俺は地獄の王だぞ？　力加減をしなくてよいなら悪魔退治など容易いことだ」

どこまで本気かは謎だが、一応人の世の安全も考慮しているのか。力の制限が必要ない地獄と勝手が違う世界で、左端なりの苦労もあるのかもしれない。

ふと思う。人の世で左端のブレーキになることが自分の役割なのではないか。人間の思考と行動を左端に伝えてやれるのは直だけだ。そう考えれば肩身の狭さも消えた。

「ええと、僕は僕なりに……左端さんを助けるっていう契約者の約束を……なるべく、守れるように努力します」

「なんだ、その不確かな宣言は」

「いえ、あの、なんとなく……けど、あんまり突飛なことされると困るんで……」

調子に乗ってしまった自分が妙に恥ずかしくなって、手慰みにポケットから徳野のスマホを出した。

カバーのない黒いスマホは使用期間五年くらいか。パスワード設定はなく、壁紙もデフォルトのままだった。保存されていた画像はたった一枚だけ。妻のユカリだろうか、三十代中ごろのショートカットの女性がテーブルに頬杖《ほおづえ》をついて微笑む写真があった。背景は携帯ショップのように見える。買ったばかりのスマホで嬉《うれ》しがって試し撮りしたといったところか。この一枚を消去できないほど、去っていった妻を忘れられなかったと思うと心苦しい。

「あっ、そうだ、徳野さんのスマホの通信履歴から、藤美グループの社長と副社長も光の爆発の前に京見峠に行っていたことがわかりました」

「お前は峠でそいつらを見てないんだな？」

「はい。光のことばかり気にしていたので。だけど、あのとき彼らもあの近くにいたはずです。現地へバケモノを見に行くという社長のメッセージが残っていました」

死体という単語は使われていなかったが、藤美の社長から『バレないようにうまく捨てろ』と再三指示が入っていた。

「あそこで偶然九層の鏡を見つけてしまったんでしょうね。もしかしたら、長谷川さんが鏡に取り込まれちゃったとか……。小さい子供や奥さんを残して突然姿を消すなんてやっぱりおかしいし。徳野さんは長谷川さんを助けたくても警察を呼ぶわけにはいかなくて、社長たちに助けを求めたのでは？　そこでなんらかの事故が起きて鏡が破裂した。徳野さんはきっと罪の意識を感じて、長谷川さんの家族に全財産を送ったんでしょう。

……その後、藤美グループの社長と副社長が鏡を移動させたに違いありません。悪魔はやっぱり社長か副社長に……」

「それがお前の予想か」という声と同時に、持っていたスマホを横から奪われる。

「え、ええ。ひねりがなさすぎるかもしれませんけど」

「光がただ一方向からしか入らぬ目では半分閉じているも同じ。暁と黄昏《たそがれ》では見える景色が違うし、門の内から見えるものと外から見えるものも違うぞ」

左端の言うことは、わかるような、わからないような。ただ直の視野が狭いのはわかっている。

「じゃあ、左端さんはどう考えるんです？」

「人間のことなど考えておらん。ただ、お前が徳野を善人と決めつけているのが気に入らん。あれはなぜ悪人の悪事をすべてぶちまけて死ななかった？　中途半端な遺書の意味はなんだ？　情というくだらないもので人間は真実を隠す」

どうせ死ぬ気ならもっと遺書にはっきり書けばいい。書きたくないことを避けた結果があの遺書だとしたら。徳野自身に落ち度があるから強く責めきれなかったということだ。直は無意識のうちに自分の感情にそぐわない事実を見ないようにしているのかもしれない。

誰が悪人なのか。惑わされないように本当のことだけが見える目があればいいのに。

不意にカシャというシャッター音が響いて顔を上げると、左端が直にスマホを向けていた。

「とっ、撮らないでくださいよ。借り物ですよ。僕の画像が残ったら困ります」

「そんな心配は要らん」

「嫌です、削除しておかなきゃ。……え？　何です？　その写真――」

画像の確認して絶句する。暗いヘリコプターのコックピットに頭部のない白シャツが座っていた。透明人間、いや、心霊写真か。

「だから心配いらんと言っただろう。死体は像を残さん」

はっきり言明されて、自分の姿がこの世にないという事実に心がきしむ。

「でも、街中のショーウインドウに映ってましたよ、僕」

「あれは俺が映るようにして、見せていた」

やっぱりあのとき監視されていたのか。

「左端さんは契約した人間をずっと見張ってるんですか？　鈴木さんも？」

「鈴木と契約？　そんなものしていない。俺との契約が簡単でないことは知っているだろう」

「でも何か取引をして、お金とか寿命とか見返りを渡してるんですよね」

「京都に来るのにあいつが生み出した深淵の道を使ったからな」

「深淵《しんえん》の、道？」

「死の淵《ふち》に立った人間の前には、その人間だけが使える地獄への道が現れる。王である俺ならばそれを利用することが可能だ。一般には地獄へ通ずるあらゆる出入り口が閉鎖されているからな。専用道路の通行料を鈴木に払ってやった」

「……ということは鈴木さんは死の淵にいたってことですか？」

「いたのではなく、今現在もいる」

鈴木は事故で瀕死《ひんし》の状態だったという。意識を戻さずあと一年ほど病院のベッドの上で過ごした後、死に至る運命だったらしい。情報屋としても、公文書偽造などの技術屋としても、左端にとって利用価値の高そうな悪人だ。寝たきりで過ごすはずの一年間を表向き健康な状態で過ごさせることにした。つまり左端は鈴木の寿命を延ばしたわけではない。鈴木本人は自分の死がそこまで迫っているとは知らず、左端のおかげで事故死を免れて延命してもらえたと思っているようだ。

「あいつの写真を撮れば体が透けて見えるはずだ。像には真実が滲み出る。俺には人物の像を見れば魂がこの世にあるかどうかわかる。例えば、この写真の女はすでに死んでいる」

「ほらよ」と投げられたスマホを受け止める。徳野のスマホにたった一枚だけ残されていたあの女性の画像が開いてあった。

「死んでる？　そうなんですか？　この人って――うっ、うわっ、何？」

急に機体が旋回して体が左端の方へ引っ張られる。

「操縦の邪魔だ。寄るな」

「っ、だって体が勝手にっ」

「この乗り物はスピードよりもコントロールが醍醐味《だいごみ》だな」

左端が操縦桿を掌で転がすようにして動かし、ヘリコプターは激しく蛇行し始めた。

直は一切の体の自由を奪われ、シートベルトに縛り付けられた人形みたいにグネグネと体を揺らしていた。

「ちょっとぉ、何してるんんんん――」

ヘリコプターはぐっと先端を持ち上げて上昇させたかと思うと、垂直に下降して山の頂ギリギリで舞い上がる。

「ぐわあああああっ、やめてっ、うっ、うわああああああ」

機内はジェットコースター状態だった。ちなみに直は絶叫マシンが大の苦手だ。

なんだってこんな脳みそがぐちゃぐちゃに混ざりそうなほど揺さぶられる状態が楽しいと思える？

「ふははっ、ははははっははははは――愉快だな」

地獄の王様が大気を震わすほどの哄笑《こうしょう》を弾けさせた。

墜落してもしなくても、地獄は直の隣にある。

＊

どこか懐かしいような仄かな甘い香りに鼻孔をくすぐられ、目を開けた。

「おや、目が覚めましたか、直さん」

聞き覚えのある柔らかなイケボに名を呼ばれる。

声の主を探して直が身を起こしたのは、ビロード張りのソファの上だった。

ええと、ここは。『グラン・ディヴィーノ・リゾート京都』のプレミアムスイートルームだ。イタリアルネサンス時代のアンティーク家具が堅苦し……いや、素敵なリビング。アーチ形の窓から伸びる日の光を背に、透明感のある美しい白人青年が微笑んでいた。

青年は痩身長軀の体によく似合う黒いタキシードの執事スタイルで、蝶ネクタイを締めている。顎のラインで切りそろえられた柔らかなブロンドの髪、宝石みたいに輝く青い瞳、ため息が出るほどの美青年だ。しばし呆然《ぼうぜん》と見惚れていると、「直さん」とその美青年が繰り返した。この声を知っている。でも、誰だっけ？

「あの、あなたは……」

覚えてなくてすみません、の意味を込めて肩をすぼめた。

「ふふふ、直さん、ラミエルですよ」

「えっ、あっ、ああっ、ラミエルさん？　カラスの」

あんな真っ黒だったのに――。ついつい前のめりになって立ち上がってしまった。

「はい。このホテルはサマエル様のお力に護られておりますので、私も本来の姿で存在することが可能です」

「はあ、これが本来の……。なるほど、輝くほど白い天使ですねっ」

まさに天使のイメージそのままの姿に感動すら覚える。写真に撮りたいな。なんて思っていると、「おい」と不機嫌全開な低音が響いた。

言わずと知れた地獄の王、この世での仮の姿はホテル経営者、左端真央の声である。

広いリビング中央に置かれたダイニングテーブルの真ん中に、左端は相変わらず和服姿で座っていた。

「白い天使は人間の安直なイメージだ。白くなくとも美しい天使もいる」

左端は無表情ながらやや険のある視線を投げてよこした。その犀利《さいり》な瞳と長く垂らした艶やかな髪は漆黒である。

俺様は自分が一番でなければ気に入らない、面倒な王様だ。

「はいはい。左端さんは悪魔でもあり天使でもあるんでしたね」

　中身は百パーセント悪魔だが。

「サマエル様は闇の中にありながらも光をお与えになる、明けの明星と呼ばれる方ですから。高貴な黒色をお持ちなのです。直さんの額に明けの明星を表すシジルがございます。それがサマエル様の護りのシジルですよ」

「シジル？」

「悪魔や魔術を示す記号や印のことです」

「えっ、この奴隷マークが？　女々しいっていう烙印《らくいん》じゃないんですか。だって雌でしょ？」

　前髪を上げて額に触れる。これが護り？　ペナルティとしか思えなかった。

「真ん中のそれは明けの明星。金星のことだ、馬鹿者」

　直と同じように額を押さえる左端、頭が痛いという呆れのポーズも様になる。

　ラミエルによると、「♀」はもとは金星を表す占星術記号で、古くは天文学でも使われたものだという。生物学で雌を指す記号として使われるようになったのは少し後の時代らしい。

「多くのシジルは本来人間が考えたものでございます。人間が悪魔を使役するために。サマエル様の金星のシジルはご自身が表された護符でございますから趣が異なります」

　直の印は有難《ありがた》いもののようだが奴隷じみた扱いは否めない。散々ヘリコプターで揺さぶられてから高速道路で時速二百キロのドライブに付き合わされた。重力加速度がかかり過ぎて目も開けられず、気づいたらほとんど気を失っていたのだ。

「それにしても、王の運転で爆睡とはいい身分だな」

「きっ、気持ちよく眠ったわけじゃありませんよっ」

「直さん、お水を召し上がりますか？　よろしければ朝食もご用意できます」

ラミエルはウォーターピッチャーを取ってタンブラーに水を注ぐ。細やかなクリスタルのカッティングに透明な水が煌めき、誘われるように喉が鳴った。

「ありがとうございます。でもお腹《なか》はあんまりすいてなくて……」

ダイニングテーブルでタンブラーを受け取ると、一気に喉へ流しこむ。喉が潤って幸福感が生まれた。生きている感覚というか。

「ふふ。完全に亡くなっておられないので眠気や喉の渇きを感じられるのですね」

ラミエルはもう一度タンブラーに水を満たしてくれた。

そうか、死んでしまえば眠気も食欲もなくなるのか。

「そういえば左端さんもふつうに食事するんですね、お酒も飲むし。悪魔とか天使って霞《かすみ》を食べてるんだろうなと想像してました」

「ええ、天使も悪魔も空腹というものは感じません。サマエル様は特別な方ですので」

直はラミエルに促されて左端の正面の椅子に腰をおろす。

左端の前にある深めの黒い椀《わん》から湯気が上がっている。

「俺は美味《うま》いものがあれば食う。人の世の食文化は悪くない。湯葉粥《がゆ》も美味だ」

「えっ、湯葉粥？」

漂っているこの上品な甘い香りはそれだったのか。

「昨夜祇園の料亭へ参りましたので、見よう見まねで調理してみました」

天使な美青年がカウンターの土鍋を持ち上げた。もはや新妻の風情だ。

「すごいですね、湯葉なんて上級者向けの食材だと思ってました」

「食うか？」と左端が木製スプーンに載せた粥を直の方へ差し向ける。

え？　そのスプーンで？　アーンって？

一瞬戸惑う。しかし、あまり躊躇するのも悪い気がして、直はテーブルの上に身を乗り出した。スプーンに口を付けようとしたその時、左端が弾みをつけてスプーンの先を振った。粥が宙を舞い直の鼻の頭に落ちる。熱い。

「うあああっ、何するんですかっ」

熱い熱い熱いっ。椅子から転げ落ちて鼻を擦る。

「熱いか？　そうか？」

左端はしれっと言って、湯気が立つ粥を口に運ぶ。

本当に悪魔は信用ならない。二度と誘いには乗らないと決めた。よたよたと椅子に座り直すと、ラミエルが小ぶりの椀に直の粥を用意してくれた。口当たり滑らかで優しい味を感じる。何もかも許してあげられるような……とは言わないけど。

「ラミエルさん、美味《おい》しいです」

「お口に合って良かったです」

「……悪魔や天使は何でも習得しちゃうんですね。人間よりずっと有能なんだ」

左端がフッと鼻で笑う。

「当たり前だ。人間に劣るものなど塵クラスの悪魔ぐらいだろう。まあ、数でいえばその程度の悪魔は人間よりはるかに多いが」

「悪魔ってそんなたくさんいるんですね」

「星の数の三分の一と言われていますからね。サマエル様の部隊を構成する悪魔だけで、一部隊六千六百六十六の兵が、六百六十六部隊でひとつの中隊となり、六十六中隊で一師団、それが六つございます。他に三十六デカンの悪魔……」

「ああ、ラミエルさん、もう結構です。とにかくめちゃくちゃ多いってことで」

悪魔は人の欲の数だけという話も聞いたことがある。そして彼らは面白がってその欲を操作するのだと。

「それでどれだけの悪魔が人の世に逃げ出したか把握できているんですか？」

「正確な数は出ていません。現在名のある悪魔を中心に所在の確認を進めていますが、広漠とした地獄でございますから難航しております」

「難しく考えるな。雑魚は切り捨てればいい。寄り集まったところでたいしたことは出来ぬ。捕らえねばならんのは、人の世において魔力を使える悪魔だ。だが、そんな奴がどれだけいると思う？　この俺がいる限り、それら全部かかってきても問題ない」

左端は椅子の背もたれに身を預け、ふんぞり返った。

「……それにしてもおかしくないですか？　ここ京都ですよ。なんで悪魔？　妖怪とか幽霊じゃなく？　そもそも文化とか宗教とか違うでしょ」

悪魔とは一神教の神に特有の付属物であって神の敵対者なはずだ。それが神々のひしめく日本の、あまつさえ京都にやってくるとは——。

「知ったことか。文化も宗教もお前たち人間が勝手に作ったものにすぎん。この地に悪魔が逃げたことは確かなのだ。仕方あるまい」

「理由ははっきりしませんが、このところ地獄と京都に通じる深淵の道が見つかりやすくなっているのです。もとより悪魔は血の香りを好みますから、京都の古き土地の血の香りに誘われますし」

「確かに。京都って神社仏閣三昧だし、陰陽五行説とか易経なんかで結界もたくさん張られてるはずなんですけど、怪伝説も多いし、魑魅魍魎とか気味の悪いものが集まるんですよね」

そんなことを、天使と悪魔という超自然を相手に話しているのもおかしな話だ。

「直さんも京都でたくさん興味深い経験をされていますね」

ラミエルが壁際のバーカウンターの上から徳野のスマホを取って左端に手渡した。

「お前が書いたのはこれだな」

すっかりスマホの操作に慣れた左端は、直が書いた記事を片手でスムーズに開いた。

「なっ、なんでっ、なんで僕が書いたってわかったんですかっ」

ライターのバイトの話をしたっけ？

立ち上がった勢いで重厚な椅子が倒れそうになる。

「千本通の記事を見つけた。お前が話した話が書いてあったぞ」

「で、でも、でもでも名前も違うし」

「砂の男と書いて『すなお』だな。冴《さ》えぬ名だ」

ぎゃああ——。心の中で耳を押さえる。名前を変えて書く文章は多かれ少なかれ別人格を装っているものだ。ハンドルネームで面と向かって呼ばれるのは恥ずかしい。

「砂男さんは京都紹介とオカルト中心に書いていますね。得意なことを記事に？」

天使も意外と意地が悪い。バツの悪さに直は目を伏せる。

「べ、別に得意じゃないです。何かと巻き込まれて……気づいたらそういう記事になってたんです。ホントはもっとかっこいい記事が書きたいんですけど……」

「かっこいいとはどんなものだ」

「そっ、それは、その……しゃ、社会に切り込む……ような？」

訝《いぶか》しげな左端の顔ばせに、直はますますしどろもどろになる。

一応ジャーナリストを目指して社会学部で情報メディアを学んでいるが、胸を張って夢を語れる状況ではない。曖昧な言葉で誤魔化そうとした。

「ジャーナリズムを生業《なりわい》にしたいとお考えなんですね？」

ラミエルの問いは、笑顔で刺してくるような棘《とげ》がある。

「以前はそうなれたらいいなと考えてました。でも、もう無理だとわかってるんで」

直の理想は社会の闇に葬られそうな真実を救うペンだ。取材によって殺人事件の冤罪《えんざい》を晴らしたジャーナリストのルポを読んでからその仕事に憧れた。ライターのバイトを始めたのは、夜討ち朝駆けの行動力や情報収集力、情報を分析し伝えるスキル、ジャーナリストの必須能力を鍛えられると思ったからだ。

けれど。ジャーナリストへの第一歩は新聞社やテレビ局などの報道機関への就職だった。マスコミは倍率も必要学歴も高い。直のような三流大学の学生には超えられる壁ではなかった。

「お前のように悪意や真実が読み取れぬ愚鈍には困難なことだな」

左端に事もなげに総括される。

悪魔に言われなくても、嫌でも進路を見つめ直さなければいけないことは承知している。それを思うと憂鬱だ。「それでも生きたいか」と聞かれ、あの時なぜ生きたいと即答できたのだろう。

左端が徳野のスマホをテーブルに置くのを見て、

「あ、そうだ、ちょっとそれ貸してください、僕の記事の中に見てもらいたい写真があるんです。さっきの金星の印の話で思い出したんですけど、これもシジルですか?」

廃墟ホテルの壁の落書きの写真を呼び出して、左端にスマホを返す。

「ああ。シジルだな。しかし何のシジルだったか思い出せん」

左端が画像をラミエルの方へ傾けると、ラミエルも思案顔をした。

「オカルトのサイトとかでよく調べたら何のシジルかわかりますかね。……それで、僕もネット使いたいし、アパートにパソコンを取りに帰ってもいいですか? スマホは京見峠で落としてしまったので――」

「ダメだ」

一拍の猶予もない直答。続けてラミエルが補う。

「直さん、仮の体で生前を知る人間と関わることは禁止されています。本体が戻るまではご自宅に帰ることはできないのです」

「であれば問題ありません。だって、僕に関わる人間なんて岐阜にいる母親くらいしかいないです」

だから大丈夫と胸を張る。と同時に、虚《むな》しさが湧き上がった。

随分寂しい奴だと思われただろうか。

『矢部ってなんかやばくない？』そう言われ出したのは小学校五年生の遠足の班決めのときだ。過去の行事で直のいた班が必ずトラブルに巻き込まれていると同級生が気づいた。遠足では乗ったバスが事故を起こし、キャンプでは宿泊中のログハウス近くに落雷して火事になりかけ、社会科見学では迷子になった。初めは面白がっていた同級生たちが、次第に直と同じ班になりたくないと訴え出した。以来学校行事に参加しづらくなり、いつしか普段から人と距離をおいて過ごすようになった。

孤立するほどの運の悪さを左端に説明する気力もなく、直はパソコンを諦めた。

「スマホを使いたかったら貸してやる。どうせお前は俺に同行するんだ」

そう言って左端は徳野のスマホを着物の袂に収めた。

貸してやるって……あなたのものじゃないでしょ……。

いや、地獄の王にとってはすべてのものが自分のものか。

「これから藤美の連中と会って、その後知事に会う。ラミエル、次の知事の予定は政治資金パーティーだったな」

「さようでございます。グラン・ディヴィーノ・リゾート京都二号館にて午前十一時半より開催です」

「は？　二号館？　って、まさか――」

ぎょっとして瞠目《どうもく》する。

ラミエルがスマホの画面に二号館の地図を表示させる。それは京都駅南側に存在することになっていた。思った通りだ。実際には別の商業ビルが建っていたはずのところに、左端が新たな地獄のホテルを置いたのだ。

左端が知事をその場に知事を呼んだのは間違いない。

＊

間口の広い正面入り口から大型のトラックやパッカー車がひっきりなしに出入りする。左端の車はそれに混じって藤美グループの敷地に入った。白壁の巨大な工場とストックヤードが圧倒的な量感を持ってそびえる。その手前に建っている二階建てのこぢんまりとした建物が事務所だった。

京見峠の発光現場に居合わせたと思われる藤美グループの社長と副社長には、悪魔が憑依している見込みが高い。悪魔はこの会社にいるのか。九層の鏡をどこに隠しているのか。確かめるため左端はやって来た。

左端には関心のないことだろうが、直としては自殺した徳野や行方不明の長谷川など従業員の案件も気になる。

駐車禁止のマークがある事務所入り口前に車を横付けにして降車した。ターゲットの所在は感じ取っているようだ。一階の事務室前を通り過ぎ、二階へ通じる階段を長尺の歩幅で上がる。直は銀灰色の着物に黒髪を垂らしたその艶麗な後ろ姿に従う。事務室のガラス戸の向こうに複数の人影が見られたが、誰も直と左端の侵入に気づかなかった。

「左端さん、従業員の人たちもいますからくれぐれも無茶しないでくださいよ」

呼びかけたとき、左端はすでに社長室と書かれた部屋のドアを引いていた。

黒革のソファに座るスーツ姿の痩せた中年男が顔を上向けた。銀縁メガネをかけた神経質そうな男だ。男は読んでいた書類を茶封筒にしまい、スラックスのポケットに無造作に収めた。

「どなたです？　先に下の事務所で用件を伝えていただきませんと」

「用件は地獄の鏡の回収だ」

左端は入室の許可も得ぬまま押し入り、男の向かいに腰を下ろす。直はおずおずと歩いて左端の座るソファの後ろに立った。

「地獄の、鏡？」と男は首をひねる。

「お前が副社長の藤川徹だな？　で、あの写真に写ってる赤ん坊を抱いた爺《じい》さんが社長の弘樹か」

軽快さがかえって威圧的な口調だ。左端は本棚の上の写真を顎で指し、徹の返事を待たずに話を続ける。

「お前が社長室を使うのはやや尚早じゃないか？　藤川弘樹の死はまだ世に知られてないだろう」

へ？　そうなの？　新情報に直が動揺してしまう。

左端は写真を見れば写っている人間の生死がわかると言っていた。この部屋に入った瞬間にそれを察知したのだろう。

徹は左右の眉の高さを違えたまま表情を膠着《こうちゃく》させた。

「死んだとは、……辛辣ですね。たしかに今朝はまだ出社していませんが、社長の同居の家族からも特に連絡も入っていませんし、……多少出勤時間が遅れることはあります。私は社長秘書も兼務しているようなもので、よくここで作業しているんですよ」

顔をこわばらせながらも徹は丁寧な態度を見せた。得体の知れぬ居丈高な客との関わり方を模索しているのだろう。

「ところで、あなた方は？」

やや相好を和らげて左端に名乗りを促す。

左端はフィンガースナップし、手品然として和紙製の名刺を指先に出した。投げられた名刺は真っすぐに飛んで徹の胸ポケットに挿さる。

名刺ぐらいふつうに渡せばいいのに……。

「ぐ、グラン・ディヴィーノ・リゾート社長、左端真央……さん」

「ああ、人の世ではな」

「は、はあ……。後ろの方は？」と徹が直を見る。

「これは死」「僕は秘書です」

左端を遮って直が答えた。すかさず左端が一言加える。

「これのことは気にするな。死人よりも邪魔にならん」

存在の薄さが一番のアピールポイントとはさすがに気落ちする。

「左端社長のような大社長がこのようなところへわざわざ……あ、ああ、今日はそちらのホテルで知事のパーティーですね。私もうかがわせていただく予定です」

徹は胸ポケットに手を入れかけて思い出したように腰を浮かす。と、左端が先に立ち上がり、徹の肩を押さえた。

「お前の名刺なら必要ない。まあ、座れ」

徹とローテーブルを隔てた位置にいた左端が、瞬時に徹の隣へ移動した。

こんな短い距離、普通に歩けないのか。

「え……今、どうやってここまで……」

およそ人間の動きではない素早さに徹が息をのんだ、その時だ。徹の左耳の穴から大量の細かな虫のようなものが飛び出した。それらは水辺で見る蚊柱のごとく集まって影を作り、天井まで伸びて壁の給気口へ消えていく。徹自身はそのことにまったく気づいていないらしい。怪訝な面持ちで左端を見ている。

もしやあれが塵の悪魔？　逃がしていいの？

直は反射的に給気口の下へ駆け寄った。興ざめ顔の左端は影の消えた隙間を一目見ただけだった。

「藤川、地獄の鏡、いや、お前らがバケモノと呼んでいるお宝はどこにある？」

「……バケモノ？　さあ、何のことです？」

「すべてを飲む込む光を放つ。知ってるはずだぞ。あれがお前の会社にあればさぞ役に立つだろうな。ゴミも死体も消せる」

「も、もしや左端さん、徳野とどこかでお知り合いに？　うちの子会社の徳野です。彼が似たようなことを言っていました。何でも飲み込む光に部下が飲まれて消えたと。徳野には鬱症状があります。このところ幻覚を見たり、虚言癖が出たりするようになったので、しばらく休むようにと昨日言ったところです」

「虚言ではなかっただろう？」

左端は部屋の奥にある重厚なデスクの椅子に着座し、引き出しに手を掛けた。ガチャッという引っ掛かりのある音。鍵がかかっているらしい。左端は繰り返し引き出しを引いた。

「あのっ、そんなに乱暴に扱わないでいただけますか」

徹の哀訴虚しく、バキッと木材が割れる音を響かせ引き出しは開いた。

「何をするんですっ。いい加減にしないと警察をっ」

我慢の限界というところか。徹は声を荒げ、デスクを物色する左端の手を摑んだ。

「自ら俺に触れてくるとは、とんだ虚《うつ》けだな。三下悪魔に憑かれるだけのことはある」

左端は摑まれた手を摑み返して徹の腕を捻り上げる。呻く徹の体を背後から抱えるようにして自分の膝の上に座らせた。いつの間に得たのか、左端は透明な小瓶を持っている。それを徹の眼前に突きつけた。

「藤川よ、この薬品の効果は実証済みだろう。女は苦しんで死んだか？」

ますます生気を失っていく徹の横顔に妖艶な唇を寄せる。

「俺はこれから一件雑務を片付けてくる。お前とは、夕刻七時、日の沈む頃に地獄の鏡の前で再会するとしよう。で、場所はどこだ？　鏡はどこにある？」

徹は口を結んでかぶりを振った。が、体を震わせ徐々に言葉を漏らし始めた。

「京都……南、インター、んっ、北側、川沿いの、んんん、倉庫。んんんん」口を閉じようと顔を歪める様から、徹の意思に反して話しているのがわかる。「三つ、並んだ、左の、端、うっ、うううう」徹は自分の腕を噛《か》んで口の動きを止めた。すると。今度は瞼が激しく痙攣し始め、『邪魔、な、奴……殺せば……いい、俺は……力を、持っ……てる』目からボイスチェンジャーを通したような高い声を出した。

「目は口ほどにものを言うぞ」

皮肉と嘲りを含んだ左端の声が嬉々《きき》として響く。

『伯父より、俺は、……力がある……出来る……俺は……殺し……て……やった……ち……じ、が……すて、た、あいじ……ん』

乾いた眼球が赤く充血していた。「うぐううう」腕を咥《くわ》えた口からは呻き声が漏れる。

「たっ、助けてくれっ」

限界とばかりに徹が口から腕を外して叫んだ。その刹那、プルルルと内線が鳴った。左端の視線が電話に移動する。金縛りが解けるように徹の体は自由になった。デスクにしがみついて受話器を上げる。

「助け……、は？　なんて？　……船岡山に徳野の死体——？」

＊

事務所の外へ出ると、左端の車は烈日に焼かれていた。眩《まぶ》しさで目が霞《かす》む。

左端と直と入れ替わるように、作業着姿の従業員が数人事務所に駆け込んだ。従業員の失踪に続いて自殺者が出たうえ、社長とも連絡が取れなくなっている。藤美グループ事務所内は騒然としていた。余計なことに注意を払っている間はないようで、出入りの妨げになっている左端の車に目を向ける者もなかった。

左端は無言で車に乗り込み、勢いよく発車させたかと思えば、敷地から出たところで路肩の草むらに突っ込むように車を駐車させた。

「え？　左端さんどうしたんです？　知事のパーティーに行くんですよね？」

左端はハンドルを握ったまま俯いた。気のせいか着物の襟が微かに顫動《せんどう》して見える。

うそ、泣いてる？　まさか。

左端の顔を下から覗き見ようとした瞬間、左端がハンドルに突っ伏した。

プ――――――ッ。クラクションが鳴り渡る。行き交う人が一斉にこちらを見た。

「うわーっ、もう、なんなんですかっ、左端さん顔上げてっ」

引っ張り起こすと同時に左端がブハアッと噴き出す。その後は、火山がため込んだ溶岩を吐き出すような哄笑だった。

「ぐはははははっはははっはははははは」

一度切れたら堰《せき》は戻らず、はばかることなく溢れる笑声を上げる。

……なんだ、笑いをこらえていたのか。

「あいつ、この俺を殺そうと思ってるぞ。愚か者めが。ぶははっ、地獄の王を。触れただけで伝わってくるほどの殺意だった。面白い。せっかくだから乗ってやることにした。ふは、はははははっはあっはははははは」

天を仰ぐ左端の喉仏が躍る。ひどい笑い上戸だ。なんだか藤川徹が気の毒になった。

「左端さん、あの塵みたいな悪魔は逃げちゃいましたけどいいんですか？」

左端が通常の呼吸を取り戻してきたのを見計らって問う。頭上は雲のない夏空だ。あの塵はどこに行ってしまったのだろう。

「ああ、あいつらは俺を恐れて逃げた。だが、じき藤川徹の体に戻る。従属せねば存世できん」

「別の人に憑いちゃったりしないんですか？」

「藤川よりも闇深い者をそうすぐには探せまい。なによりあいつのところには九層の鏡もあるしな。塵の悪魔には深い考えなどない、ただ欲にまみれた人間を好む」

＊

グラン・ディヴィーノ・リゾート京都二号館は、左端が居を構えるリゾートホテルと違い、ガラス張りの高層ビルだった。結婚式用のチャペルや神殿、各種宴会に対応した宴会場などの施設が充実している。

　直が連れてこられたのはホテル隣のオフィスビルだった。所有者は左端で、グラン・ディヴィーノ・リゾート京都の運営事業部が置かれている。一階はブライダルサロンだ。ガラス張りの明るい店内で煌びやかなウエディングドレスを纏《まと》ったマネキンが迎えてくれた。そして。受付カウンター前にずらり並んでいるのは、揃《そろ》いのグレースーツ姿のブライダルスタッフ十数名。皆、麗しき左端社長にうっとりと見惚れている。

「では、こいつに着付けを。なるべく美しくしてくれ。頼んだぞ」

　左端は直の肩を後ろから摑んで前へ押し出す。

　スタッフ全員が一斉に声をそろえて「はい、社長」と返事した。

「えっ？　左端さん、どういうことです？　知事のパーティーは？」

　慌てる直の両腕を複数の女性スタッフが抱える。「ちょっと離して」と振り払おうとしたら、大柄なスタッフに腰を摑まれた。

「お任せください、左端社長」

「きっとお似合いになると思います。華奢《きゃしゃ》でいらっしゃいますし、お顔もかわいらしいので」

「女性より女性らしく仕上げさせていただきます」

　どいつもこいつも左端に媚《こび》を売りやがって——。

「嫌ですっ、やめてくださいっ、なんで僕が……」

叫ぶ直の顔前に、左端がぬっと顔を近付けた。

「死体よ。京都へ来て、お前が俺の助けになったことがあるか？　ん？」

「あ、あるでしょ……お、主に左端さんが面倒くさがる作業的なことを……」

あなたが人の世の範疇を超えぬようといつも気遣っています、と言いたいけれど頼まれてしているわけではないので踏みとどまる。

「だ、だいたいこんなことして何になるんです？」

「悪人を懲らしめてやるんだ。地獄の出張サービスだぞ。おとなしく手伝え」

「でっ、でもっ、ふぎゃっ」

唇が触れ合いそうなほどまで迫られて顎を引く。すると、周りの女性陣が恨めしそうに吐息を吐いた。不本意ながら頬が熱くなってしまう己が悔しい。完全に悪魔に遊ばれている。そうして、抵抗むなしく直はトリミングに預けられる犬のごとく、フィッティングルームに押し込められた。

小一時間ばかりで仕上がったのは見事な『えせ芸妓』だ。芸妓が座敷に向かういわゆるオンのスタイルでなく、「そんなり姿」というオフの姿をイメージしているらしい。紫色の濃淡のぼかしの生地に御所解《ごしょとき》模様の訪問着。髪は高く結わえた日本髪ではなく長い髪を団子のようにまとめたかつらが載っている。化粧も白塗りを避け、薄化粧だ。

「おお、いいじゃないか。スーツより似合っているぞ」

「ううう、恥ずかしいです……」

素直に喜べないお世辞を言われ、グラン・ディヴィーノ・リゾート京都二号館へ引っ張ってこられた。客室最上階、十二階の廊下である。鏡張りのエレベーターホールで左端は足を止めた。袂を探り一本の白い玉簪を取り出す。

「これを付けて知事に会え」

「豆千絵さんの簪……直したんですね」

「こんなものの修復は造作もない。憎悪の籠った品だ。これを付けたお前の姿は知事の目には豆千絵に見える。なに、豆千絵に少し体を貸してやるだけだ」

左端が直のかつらに簪を挿すのを鏡越しに見る。その時だ。直の脳裏にすさまじい勢いで映写フィルムが回るように映像が流れた。

見えてきたのは初老の男。今より十歳くらい若い府知事である。お前が一番大切だと繰り返し知事が言う。しかしお前との仲は誰にも知られてはならない、わかっているなと念を押される。あなたが困ることはしませんと豆千絵は答える。あなたが私を大事にしてくれるなら。映像が進むうち知事の風貌は老いていき、豆千絵に向ける視線が冷めていく。店を出したいなら力になってやるという言葉も歯切れが悪くなった。

そこに別の男が現れた。藤川徹だ。知事を自由にしてやりなさいと薄い札束を突き出す。百万円？　たった百万では店はできない。十五の時からおよそ十五年。豆千絵の最も美しい時をあの人は百万円で終わらせようとするのか。しかも別れの言葉を他人に言わせて。要りません。お金は要りませんから、もう一度あの人と話をさせてください。するとと男は酒を勧めた。聞き分けがないのは格好が悪いと諭される。豆千絵は男に注がれた酒を飲んだ。その後息苦しさに襲われる。喉を掻《か》きむしりたくなるような苦しさだ。助けて。手を伸ばしても目の前は真っ暗で何も見えなかった。

「ああっ、苦し……」

直は鏡に手をつく。知らぬ間に頬に涙が伝っていた。

「さあ、この恨みを知事に教えてやれ」

左端が知事の控室のドアを開けた。

広いツインルームだ。窓際のソファに府知事辻山邦夫は座っていた。手にしているのは透明な飲み物が入ったタンブラーグラスだった。氷がカラカラと音を立てた。

「な、何だ、君たちは。なぜ、ドアが開いた……。ああ、左端社長、これはどういう……お、お前は……豆千絵……」

幽霊を見た、そういう顔だ。全身の血を吸い取られたかのごとく青ざめて、直を指さす。

「あんさん」

直の口を突いて出たのは、豆千絵の声だ。京ことばだった。

「要らんようになった言うて、他人さんに任せて処分するんはひどいんと違いますか？」

「ち、違う、ひどいのは、私じゃない。わ、わ、私は殺せとは言ってない」

知事が千切れんばかりに首を横に振った。

「苦しおしたなあ。濁り酒に混ぜられたおクスリは苦いどした」

豆千絵の悲しみが直の中に入り込んで締め付ける。

十五歳で芸の道に進んだ娘。厳しい稽古と自由がない日常に負けそうになった時、優しく差し伸べられた手を摑んだ。娘は心変わりなんて知らなかった。大人になっても男を信じ続けた彼女が悪いのか。

「地獄の裁判では裏切りは重い罪どす。よう覚えといて。うちのことと一緒に」

「やめてくれっ、お前の勘違いだ。私は一度だってお前を裏切ったりは……あっ」

知事が持っていたグラスから手を離した。透明だった液体が、いつの間にか赤く煮立って湯気を上げていた。緋色の飛沫《ひまつ》をまき散らして絨毯の上をグラスが転がる。知事のスラックスに迸《ほとばし》りが紅蓮《ぐれん》の花を咲かせた。

豆千絵の恨みを身体に受け止めた直はすっかり疲弊していた。膝に力が入らず、床面が揺れているように感じた。ほとんどしがみつくように直は左端の背中にもたれた。

知事は両膝をついて周囲を見回した。最後に左端と目を合わせ、ぎくりと体を後ろに反らせた。

「辻山邦夫、これより先は地獄の裁きだ。地獄の王である俺が地獄の門となる」

「どういうことです、これは……」

「辻山、お前は藤川徹に女を処分しろと言ったな？」

「誤解です。それは藤川徹が勝手に、自分の方が社長よりも役に立てると言い出して」

「だからお前は悪くないと？」

知事は黙って首肯した。

「女が死んだと聞いて、自らの手を汚さずに済んだことに笑みを漏らしたお前に一切罪がないと思うのか？　いいだろう。では、特別にこの世で罪の味を味わわせてやろう。心せよ」

左端の判決と同時に目の前が暗転し、気づけば直と左端はブライダルサロンの前に戻っていた。

＊

京都の東側を南へ流れる鴨川は、九条高架橋を越えた辺りで流れの向きを南西に変える。やがて伏見区で西高瀬川《にしたかせがわ》と合流し、さらに南で桂川《かつらがわ》に注ぐ。

藤川徹が九層の鏡を隠しているのは、西高瀬川に合流する手前の鴨川沿いにある大型の貸し倉庫だ。

徹はパーティーに姿を見せなかった。もっとも、パーティーは主役である知事の辻山邦夫が錯乱状態で会場に現れたため、早々に閉会してしまったが。その後知事が入院して辞職の意向を表明したというニュースが、車のラジオから流れてきた。左端は一体どんな苦しみを辻山に与えたのだろう。

直と左端は、徹との約束の時間（というか一方的に左端が指定した時間だが）より二時間ほど早く現場に到着した。砂利の構内に駐車して車を降りる。足早に歩く左端を追いかけ、直はどうしようもない胸騒ぎを感じ始めていた。

左端が地獄の王であることをうっかり忘れていた。正確には、左端が人間と関わって平穏に終わるはずがない、ということを失念していた、ということだ。

これから起こる事態への憂慮と不安がないまぜになって襲う。

「あのぉ、左端さん、今回の目的は九層の鏡の回収ですよね？　人間の罪については、あくまでも、そのぉ、人間的な解決を……」

「愚か者。誰に向かって忠告している。さっさとシャッターを開けろ」

顎で指図され、直は渋々倉庫のシャッターに手を掛ける。胸の高さまで引き上げた時、シャッターの下からあの塵の悪魔のモヤモヤとした黒い影が飛び出してきた。

「うわっ、何？　何っ？　うっぎゃあああっ」

影は大型の猫になり、虎の形になった。左端の炎の虎に比べれば毛ほどの迫力もない。けれど、突然飛び掛かられたら驚く。腰を抜かしてそのまま尻もちをついた。直に向かっていた小虎は後ろにいた左端に衝突しそうになり、すんでのところでまた形なき黒い塵に戻って空高く昇っていった。

「い、今のあれ、退治しなくていいんですか？」

慌てふためいて立ち上がり、砂にまみれたスラックスを払う間もなく左端を見る。左端は〈放っておけ〉と手ぶりで応えた。九層の鏡の件が先ということか。

倉庫内正面には重機を積んだ大型のトラックがあり、その重機の辺りに怪しげな光がおぼろげに揺れていた。左端と直は光に誘われるように倉庫の中に入る。

大型トラックが三台は収まりそうな倉庫だが、大きな荷物は面前のトラック一台だけのようだ。油の臭いと金属の臭い、それから……。もうひとつ強く感じる臭いの正体が特定できない。

ふいに藪蚊の羽音のような微かな唸《うな》りを立てて、背後でゆっくりとシャッターが閉まった。

「ひっ」

とっ、閉じ込められる――。

背をこごめた瞬間、トラックの陰から人影が現れた。作業中だったのか、汚れた濃紺の作業着に身を包んだ藤川徹だ。徹の目はプラスチックでできた人形のそれのようにのっぺりとして見えた。直は気になっていた臭いの元を知った。この人――。

「お約束の時間より早いのでは？　左端さん」

徹はトラックのサイドミラーの前で無表情に左端を呼び止める。

「お前こそ気早な奴だな。おまけに随分香ばしい臭いをさせてるじゃねえか。一足先に地獄の川で泳いできたのかと思ったぞ。生臭い血の川だ」

徹の前を素通りした左端を小走りで追う。と。突然立ち止まった左端の背中に追突しそうになった。ふと見ると、トラックの前輪の影に白っぽい塊が横たわっている。毛布でくるまれた楕円《だえん》形の繭のようなものだ。丁度人間ひとりの大きさ。左端が毛布の一部をめくると、髪の長い女性と思《おぼ》しき肢体が現れた。顔は髪が覆っていて見えない。淡い色味の半袖カットソーの胸元に黒々とした染みが出来ていた。刺殺体か。

「それはただの人形ですよ。カッコウのごとく、他所の男の子供を伯父に育てさせようとして、あげく会社も奪おうとした女の人形」

社長の妻だった。死体を見られても、徹はいささかも悪びれない。

「早く処分したかったんですけど、日中は警察に付き合わされていましてね。徳野はただの自殺だというのに、いろいろと聞かれて面倒でした。ところで、左端さんは徳野と以前からお知り合いで？　徳野からどんな話を？」

徹は探るように暗い瞳を左端に向ける。

「会ったのは徳野の死後だ。お前が地獄の鏡を持っていると徳野の死体に聞いた。死体は情を持たぬ分素直だ。あの鏡は地獄の王である俺の物だ。返してもらうぞ」

あの鏡、というところで、左端はトラックの荷台の方を視線で示した。

「あの光はうちの資材置き場から――」

「見つかったのは徳野解体が借りていた資材置き場の隣の林だ」

左端は進路を塞ぐ徹に真正面からぶつかる勢いで草履の足を踏み出す。食い止める気振りだった徹は臆して身をかわした。徹が左端の威に負けてくれたことに安堵する。

トラックの荷台には小型のショベルカーがひっそりと載せられていた。そのショベルのバケットの中で、虹色に輝く光が雨上がりの水たまりのようにぼんやりと浮かんでいた。光の大きさは八十センチ四方ほどだろうか。表面の模様が微妙に揺れる様はシャボン玉に似ている。

――これが九層の鏡の光？

京見峠のあの激しい爆発の元となったものだ。同時に唇の渇きを感じるほどの緊張が走った。直の足が無意識に鏡の方へ向く。

あの光が欲しい――。

触れれば引き込まれるブラックホールだと知らされていても、腹の奥底から触れたい気持ちが溢れる。こめかみに汗を滲ませている徹からも欲求に耐えている様子がうかがえた。

左端はタッと軽やかに床を蹴ってトラックの荷台へ飛び移った。

「九層の鏡をこれで運んだか。その執念は褒めてやろう」

左端がショベルカーのボディを叩くと、アームについていた乾いた土がポロポロと剥がれ、光の中に落ちて――消えた。左端は検するように光の表面に顔を寄せる。と、いきなり徹がタイヤに足を掛け左端の背後から手を伸ばした。

まさか左端を光の中に突き落とそうと？

左端に近づいた瞬間、徹の手が炎に包まれた。そして上方から吹いた烈風に、目に見えぬ掌底で突かれるようにして、徹は右背部からコンクリートの床に落下した。

「あああっ」

「愚かな。九層の鏡の力は俺の力でもある。俺がこれに吸われることなどない」

掌をコンクリートの床に叩きつけて火を消す徹を眺め、左端がさも愉快そうに白い歯を見せる。

徹の顔からは完全に色が抜け落ちた。左端が太刀打ちできない相手だとようやく気づいたか。直は憐憫《れんびん》の情を持って徹を見た。ところがその矢先、徹は標的を直に変えた。ポケットから抜き出した手には折り畳み式のナイフがあった。

「うわっ、危ないっ」

殺気だった眼差《まなざ》しに捉えられる。徹が正面に飛び込んでくる。咄嗟に体をかわす。辛《かろ》うじて回避するも、横へ伸ばされた徹の腕が直の喉に叩きつけられた。ラリアットの要領だ。「ぐえっ」とみっともなく喉が鳴った。そのまま首に腕を巻きつけられ、羽交い絞めにされた。徹の腕を摑んで抗う。

「苦し……」

血の臭いとおじさんの汗と息が直の顔にかかる。直の首を抱え、反対の手に握ったナイフを顔に向けている。

「光のバケモノから離れろ。でないとこいつを殺すぞ。俺には力が憑いている」

息巻く徹の口から生臭い唾が飛び散る。左端に刃を向けなかった判断は正しい。だがしかし。直を人質にしようという考えは残念ながら失敗だった。

「ああ？　なんだ、そいつならかまわん。好きにしろ」

左端は何食わぬ顔で言った。

「え……」愁然とした徹の呟きが直の嘆息《たんそく》と重なる。

「藤川徹、気が高ぶっているようだな。お前に憑依していた悪魔はとっくにお前からは抜け出ているぞ。塵クラスの三下悪魔でも、あいつらの方がよっぽどお前よりは賢い。自ら地獄の業火に身を投じるようなことはしない」

「地獄だの悪魔だの……わけがわからんことばかりぬかしやがって」

左端に気をとられた徹の力が緩むのを感じ直は腕をほどこうとした……が、直の手が、直の意思に反してナイフを持つ徹の手首を掴み、ナイフの先を直自身の額に向けて振り下ろす。

や、ちょっと、やめて――！

万事休すと瞼を閉じた瞬間、額が熱くなった。続いて頭蓋に響くような痛撃。ガンッという金属音。よろめきながら薄目を開くと、直の額が――いや、おそらく左端のシジルが、ナイフを弾き飛ばした。折れた刃が床に落ち、耳障りな高い音を響かせた。

ひえええ！

痛みと恐怖でふらついてついつい徹にもたれかかった。

「くそっバケモノ」

吐き捨てた言葉と共に徹に腕を振り払われて直は不格好に転倒した。

「いっ」

「ふははは、くだらん笑劇だな。これは人間の不都合を飲み込むための物ではない」

左端はせせら笑って九層の鏡を両手で抱え上げた。軽々と持っているように見えるが、重量はかなりありそうだ。鏡というよりも光る石。ゴツゴツした歪《いびつ》な断面が古代遺跡の石板を思わせた。左端はトラックの荷台の縁に立ち、九層の鏡の輝きの強い表面を倉庫の床に向けた。中の物を振り出すように鏡を揺らすと、光の中から木の枝や枯葉の混じった土砂が零れ出た。続いて廃材と見られる石膏《せっこう》の板がゴトゴトと落ちて白い砂煙を舞いあげる。藤美グループは廃材を光に投げ入れてその威力を測ったのだろう。

とめどなく零れ出る瓦礫《がれき》を避けて直は倉庫の壁際へ走った。

「ゲホッ」

埃《ほこり》を吸い込み、舌先にざらつきを感じて唾を吐く。唾液に混じった白い砂粒が、徳野の軽トラのざらりとした触感を思い出させた。

徹は細目を最大に見開いて立ち尽くしていた。

九層の鏡は吐き出し続ける。石を、木を、砂を、泥を、コンクリートの塊を、そして――いくつかの人の体を。土や枝葉の緑が漂わせる自然の臭いと産廃の人工的科学的な異臭、し尿や血の臭いなど生物が生み出す悪臭が混ざり合って立ち込める。

左端がいう人の世の臭いとはこんな感じだろうか？　想像すると身の毛が弥立《よだ》った。

倉庫の中にトラックの荷台の高さを越える瓦礫の山ができていた。その中に側頭部が陥没した老人、肌が赤黒く変色した着物姿の女性、首があらぬ方向に曲がっている作業着姿の若い男性の亡骸《なきがら》が人形のように転がっている。

直は吐くに吐けない嘔吐感《おうと》を持て余し、噯気《おくび》を漏らす。震える脚をどうにか突っ張らせていた。

左端が最後に大きく九層の鏡をゆすると小さな黒い板が飛び出した。直は小山に登りながら斜面を滑るそれを拾った。直のスマホだ。これがここにあるということは。直の体もやはり鏡に吸い込まれているはずだ。スマホをスラックスのポケットに押し込んで今一度小山を見回す。

ふと、革靴の下に白く丸い石のようなものがあることに気づいた。石膏の塊かと正視して、泡を食って足を上げる。直が踏みつけていたのは人の頭蓋骨だった。周囲には腕や足など大小様々な塊が転がっている。

九層の鏡の中では白骨化しないはずでは？

直はたじろいでトラックの上の左端を振り仰ぐ。左端は吸引力のある鏡の光を反対に自らの体に吸い込んでいるようだ。左端の肌から瞳から髪から発せられる妖艶な輝きが増していく。九層の鏡はみるみるうちに縮んで手鏡の大きさになって、左端の掌に収まった。左端がそれを着物の帯に挟み込むと虹色の光は止《や》んだ。

倉庫内はにわかに朱に染まる。地獄を焦がす永劫の火が迫るがごとく、高窓から夕照がさし込んだのだ。

ガシャン、ガシャン。徹が閉ざされた灰色の鉄扉を叩きもがいていた。シャッターが上がらないらしい。

「そろそろ畳むか」

左端が指を鳴らすと死体と白骨が宙を浮遊して瓦礫の頂上に集まった。

「藤川徹、地獄の王である俺が地獄門だ。これより先は地獄となる。すべての希望を捨てろ」

左端の宣言に対抗するように徹が叫ぶ。

「違う、長谷川は俺が殺したんじゃないし、伯父は事故だ。何でも飲み込む光に興奮してショベルに頭をぶつけた。転んで、そのまま光に吸われたんだ」

直はおずおずとショベルカーのバケットにスマホのライトをかざした。怯えながらバケットの血痕に目を凝らす。バケットの金属のささくれに、白髪交じりの髪の毛が絡んだ付着物が見られた。乾いた肉片だ。気づいた瞬間に悪心に襲われ、「うっ」と声をこぼした口を手で押さえた。目を逸らした先には弘樹の死体があった。弘樹の頭は横からの力で骨が凹《へこ》み、皮膚が裂けて捲《まく》れていた。

もう、勘弁して。

涙目でしゃがみかけて、はたと止まる。あの傷がただぶつけただけでできるか？　酸っぱい唾液を飲み下し、直は徹を見下ろした。

「社長さんの頭の凹み方だと、ショベルを動かして殴りつけたんじゃないんですか？」

「あ？　ああ、それは徳野の仕業だ。徳野がそのショベルカーの運転席に座っていた。動かしているとは思わなかった。そ、そうか、となると、徳野がみんな殺したんだ」

「それは、ない……はずです」

あの時、直が資材置き場に着いたのは、峠道を逃げるように下っていく徳野の軽トラを見送った直後だった。確かショベルカーは敷地の入り口近くに大型トラックに並べて置かれていた。ということは。

「と、徳野さんが弘樹さんを殺して、あ、慌てて逃げたにしては、……ショベルカーの位置から光が遠過ぎます。弘樹さんがショベルカーで頭をぶつけてから転んで光に吸われたというあなたの説明もおかしくなります」

「なぜそんなことがわかる」

「ぼ、ぼ、僕は、あの場に、いたんです」

「バカな……」

「こいつはあそこで死んだからな」

左端が明言する。徹は苦いものでも口にしたような顔で固まった。

直の頭には強い光と爆風の衝撃がフラッシュバックして、暑くもないのに全身に汗が滲んだ。

「あなたと社長さんは、徳野さんから……何でも飲み込む光のバケモノのことを聞いて、き……昨日、京見峠に行ったんですよね？」

徳野にすべての責任を負わせる遺書を書かせ、鏡の光の中に落とそうとしたのだろう。

「藤川徹、お前が徳野に命じて豆千絵の死体を捨てさせたな。徳野はその際に光の存在を知ったのだ」

「それは……だが殺してない。知事から手切れ金百万で話を付けるよう言付かった。女は金額に納得しなくて、知事に直接会って話をすると息巻いて酒を飲んだ。酔って脚が立たなくなったから徳野にマンションへ送らせた。殺したのは徳野だ」

「くっ」と短い音を発した後、耐えきれないとばかりに左端が頤《おとがい》を解いた。左端の体が炎の色に縁取られ、火の粉のようなものが舞った。

「なんだ、憶病な逃げ口上だな。伯父よりも力があると自己顕示したかったんだろう？　お前は実際に知事の女と伯父、伯父の嫁を殺した。なぜひよる？　この鼠輩《そはい》が」

徹は青ざめた顔に血走った眼をぎらつかせた。

「そ、そうだ……俺が殺したんだ。俺には力がある。誰にも邪魔はさせん。光のバケモノを返せ、それは俺が手に入れた、俺の物だ」

開いた口から泡立った唾がまき散らされた。

左端はなおもクククと喉の奥を震わせている。

「それでいい」

徹は左端を睨み、瓦礫の山を登ろうと積み上がった石膏に手を掛けた。傾いた廃材が土砂の斜面を滑り落ちる。それをきっかけに雪崩が起きた。直は急いで瓦礫の上を走りトラックの荷台へ飛び移った。

「うわあああああああああああああ」

絶叫と共に徹が土砂に飲まれていく。蟻《あり》地《じ》獄《ごく》に落ちた蟻のように深く、深く。

「助けてくれ、助けてくれ、助けて――」

ガラガラと崩れる石膏の板が徹の頭部を直撃して突き刺さった。その瞬間を目撃し、気が遠のきそうになった。徹の上には次々被《かぶ》せるように土砂と瓦礫が流れて、最後には天に向かって伸ばされた手だけが瓦礫の外に残った。

「あーあ。なんだ、どうやって地獄へ送ってやろうかと思案しているところだったのに。自ら地に埋もれるとはつまらん奴だ」

白々しい。直は半目で左端を見やる。徹は自ら埋もれたわけではないだろう。

直は沈黙した瓦礫の山に再び降りて、長谷川というネーム刺繍《ししゅう》が入った作業着の男の死体を下目で見る。その顔は驚いたように目を丸くしていた。首には小さな曲線状の皮下出血の痕があった。強く爪を押し付けたような痕だ。

「もしかして……徳野さん……長谷川さんの首を……？」

「ああ。だが徳野が死に至らしめたわけではない。長谷川の直接の死因は落下時の首の骨折だ。地獄に届いた記録によれば、徳野が殺したのはひとりだけだ」

「は？　ひとりって、……誰か殺したんですか？　徳野さんが？」

人を殺せるような人だと思えなかった。死ぬ前に長谷川の家族に送金したり、メンタルクリニックにかかっていたり、逃げた妻の写真を捨てられなかったり、大柄で剛健そうな風貌に似合わず小胆な印象だった。

「お前は徳野を善人のイメージで固定しすぎだと言っただろう。七つの大罪、サリギアの種はすべての者が持つ。まあ、徳野が単純で愚直な人間であることは間違いないが。二度も同じ場所に死体を運ぶんだからな」

あざけるような調子で左端が言った。

「二度目……」

ああ、そうか。ずっと引っかかっていたある考えがようやく自分の中で受け止められた。

「じゃあ――、あの骨、あれは徳野ユカリさんのものですね」

瓦礫の中の白骨死体を指さすと、左端は美しくも冷淡な微笑みを浮かべて頷いた。

骨に男女差があることは高校の理科室の人体模型で知った。わかりやすいのは頭蓋骨の額の形と骨盤の広さだ。女性の骨盤は子供を生めるよう産道部分が丸く広くなっている。ここにあるのは明らかに女性のものだ。

「徳野ユカリは夫恵三の手で殺害された」

長谷川は豆千絵の死体を埋める穴を掘っている時にユカリの骨をみつけたようだ。動揺した徳野は長谷川の首を絞めようとした。おそらくその殺意が九層の鏡を強く引き寄せたのだと左端は言った。徳野はすぐに正気に返ったが、長谷川は豆千絵の死体と一緒に鏡の光に吸い込まれた。

徳野の擬装他殺は他人への抗議の意味だけではなかった。徳野は自分自身へ罰を与えたつもりだったのだろう。自分を『殺す』という形で。

「ユカリはすでに地獄第二の圏にいる。淫乱の罪により黒い風に吹かれる場所だ」

「え？　奥さんも地獄？」

ユカリは徳野とは別の男との子を宿していたという。逆上した徳野は揉み合いの末ユカリの首を絞めて殺し、京見峠に借りていた資材置き場へ運んだ。死体を運び出すところを藤川弘樹に目撃されていたらしい。

「人間はどいつもこいつもしょうがない」

左端は、こめかみを指の先で押しながら言った。

人の心は多面体で、多方から光を当てて見なければ真実を見《み》出《いだ》せない。人間は厄介で仕方のない生き物だ。

「さあて次は塵の悪魔退治か。あんな三下でも人間の欲の芽を伸ばすからな」

　左端はコキコキと音をたてて首を横に折り、おもむろに諸肌《もろはだ》を脱いだ。ミケランジェロの彫刻を思わせる整えられた半身が現れる。

「ちょっと、ちょっと待ってください。何脱いでるんですか、いきなり」

　トラックの荷台の上に戻って左端に向き合う。うやむやにして逃げられるところだった。左端は大事なことを無視しようとしている。

「左端さん、僕の体！　本体は、どこですか——」

「ああ、ここには無いな」

　素っ気なく返事したかと思うと、左端はいきなり直の腰を左腕で摑んだ。そして。直はお仕置きでお尻を叩かれる子供みたいにそのまま抱え上げられた。

「わわわわわ、何するんですかっ、ちょっとっ、ちゃんと答えてください、僕の体は」

　振り返っても前を向いたままの左端の顔は見えない。

　くそう。無視か。

　返事をしない背中を睨みつける。と。左端の肌に黒い鱗《うろこ》のようなものが広がった。それがシュルシュルと全身を覆い、地獄で見た舞台衣装のようなボディスーツになっていた。左端は直の体を軽々と持ち上げたまま倉庫のシャッターを蹴破った。

「飛ぶぞ。舌を切りたくなければ口を閉じておけ」

「え⁉」

慌てて口をつぐんでハッとする。――これは。

左端は本体がないことを直に問い詰められるのが面倒なのだ。わざと直の顔が見えないように持ち上げたに違いない。

＊

夜の帳《とばり》がすっかり下りていた。直は悪魔に抱えられて京都市南区の上空を飛んでいる。高さは地上からどれくらいだろう。元来夜景が慎ましい京都の中でも、物流と工業の盛んなこのエリアの夜は暗い。闇の中では高さの恐怖は感じなかった。

「あの明るい通りは何だ？」

左端の声がくぐもって聞こえる。

「京阪《けいはん》国道、一号線じゃないですか？　僕、左端さんと反対方向を向いてるんで、左端さんが何を指さしているのか見えてないんですけど？」

左端は舌打ちして直の体を左から右へ担ぎ直した。〈これで文句ないか〉という面持ちで睥睨《へいげい》する。進行方向を同じくしてようやく直は空飛ぶ左端の全貌を見ることができた。手足の長さが強調される地獄のボディスーツ、腰には銀灰色の着物を纏ったままだ。着物は白い鳥の翼に似て、左端の衣装の一部のようだった。

左端は国道一号の上空を北に向かって飛んでいる。九条通に突きあたるところに五重塔《ご じゆうのとう》で有名な東寺《とうじ》（正式名称を教王護国寺《きようおうごこくじ》という）が見える。その北は京都駅だ。国道一号の一本西は千本通、千本通と九条通が交わるところが昨日訪れた羅城門跡だ。

「お、いたいた。塵の悪魔だ。ちゃんと向かってるな」

「……ちゃんと？　どこにですか？」

「ラミエルに朱雀大路へ誘導させている。塵の悪魔は追い詰められると真っすぐにしか進めないからな」

朱雀大路ということは千本通か。直は車の明かりに紛れて這い進む黒い影を何とかとらえた。その前に漆黒の鳥の姿が望見された。普通のカラスは夜飛ばないからラミエルに違いない。

左端は千本通上空に移動してやや高度を下げる。混み合う一号線の抜け道とされることが多い千本通は道幅のわりに交通量が多く流れが速い。そんな車の流れの中を、ごく小さな黒い影が北に向かって移動していた。左端は左手を鉄砲の形に見立て、人差し指を影の方へ向けた。指先に火の玉が膨らむ。「ボン」と銃声を口真似《くちまね》すると、火の玉は左端の指先から放れて銃弾のように真っすぐ黒い影を追う。火の玉がススキの穂のような火花になり、やがて孔雀《くじやく》ほどの大きさの尾の長い赤い鳥になった。

「——火の鳥」と無意識に呟くと、

「朱雀だろうが」

呆れの混じった左端の声が返ってきた。

左端が着物をはためかせスピードを上げる。直は向かい風に目を細めた。前方で朱雀がコオッと鳴き火を噴く。その火が千本通に沿って広がり京都に赤い炎のラインを浮かび上がらせた。「う、うわっ」火事、と焦る直の心配をよそに炎の道を平常通り車が通っている。人間には火も朱雀も見えていないらしい。おそらく空飛ぶ左端と直の姿も。

左端は民家のベランダで洗濯物を干している人の前を平然と通り過ぎた。

炎の流れの中で黒い影が一層目立つ。朱雀が黒い影を追いたてる。嘴で摑めそうなのに摑むことはしない。

朱雀が羅城門跡公園を抜けたとき、その辺りを中心として今度は北東、北西、南東、南西の四方へ向けて炎のラインが走った。

「な、何ですか、これ」

「羅城門を守護する力がいくつか掛かっているようだな」

「羅城門を？　もしかして四つの磐座《いわくら》……」

磐座とは神の御座所として祀られた岩だ。四神相応の地を守護するため、平安京には魔封じの磐座が東西南北に四つ置かれた。朱雀が示した北東方向の炎のラインの先には岩倉《いわくら》という場所がある。北の岩倉だ。他の炎も洛東《らくとう》の東岩倉山と呼ばれる大日山《だいにちやま》、西の岩倉として知られる洛西《らくせい》の金蔵寺《こんぞうじ》に向かって伸びている。東西を結んだ炎の直線と南北を結んだそれが交わったところに羅城門がある。南岩倉は設置場所が不明とされているが、炎のラインは羅城門を中心として北の岩倉と点対称の場所を指している。石清水《いわしみず》八幡宮《はちまんぐう》がある男山付近だろうか。

「お前の言った通り京都には古い結界がまだ生きてるな」

黒い影と朱雀がJRの高架下に入るのを見届け、左端は京都駅の上空へ上がった。駅は四方に張り巡らされた結界の赤い海に浮かぶ巨大な豪華客船然として輝く。直は思わず「ほわぁ」と声を上げた。

京都駅から北は千本通がひとたび途切れる。高架を越えると、黒い影は導かれるようにして北東に流れる炎のラインに入った。鉄道博物館を通り梅小路《うめこうじ》公園へ侵入する。その一角に美しく整えられた日本庭園風の場所がある。

「鏡だな」と左端が呟いた。

朱雀の赤い光をキラキラと反射するのは池の水だ。たった一センチの深さの水の下に黒御影石《くろみかげいし》が敷いてあり周囲の緑や空を映し出す水鏡。これがあるこの場所の名は朱雀の庭だ。

再びコオッと朱雀が鳴いて嘴から火を放つ。池の中の飛び石の上で、ついに朱雀は黒い影を仕留めた。影が黒い塊となって炎に包まれる。左端は下降して炎の隣の飛び石に降りて直を離す。直と左端の上を朱雀が緩やかに旋回する。そこにカラスの姿のラミエルも降りて来た。

左端は石の上を軽快に飛び移り、逃げ出そうとする塵の悪魔を炎ごと黒いブーツで踏みつけた。炎は颯《さっ》と消え去り、左端の足の下に黒い燃え殻だけが影のように残った。

「……それが悪魔ですか？」

想像よりかなり貧弱だ。スマホのライトを当ててみると、焦げたネズミの死骸が飛び石の表面に貼りついていた。ラミエルが直の隣の飛び石の上に立ち、羽繕いするように胸の羽毛に嘴を埋めた。次にラミエルが顔を上げたときには、嘴に香水の小瓶のようなものが咥えられていた。左端はその小瓶を受け取るとガラス玉風の蓋を開け、ネズミの死骸に液体をかける。シュワッと炭酸が弾けるみたいな音を立ててネズミの体は溶けて無くなった。

「天使の聖水だ。下等な悪魔を成敗するのに使う。地獄で聖水を使えるのも俺だけだ」

左端が腕を上げて手のひらを天へ向けると朱雀が降りてきた。そしてたちどころに小さな灯になって消えた。

これで終わり？

「……悪魔退治ってこんなにあっけないんですか？」

「今のは下等な悪魔だったからな」

ラミエルが直の視線の高さまで飛び上がった。

「思った以上に京都には古い結界の気が残っておりますね。御所周辺に到着する手はずでした私たちが、羅城門の外に着いたのは朱雀の結界が影響したのでございましょう。サマエル様はそれを逆手に取られてご自身の力に変えてしまわれましたけれど」

左端は得意げに顎を上げる。

「神と名のつくものはだいたい地獄の王であるこの俺を無下にすることはないからな。おそらく九層の鏡を持ち出した主犯格の奴らも端から京見峠を狙っていたわけではないだろう。結界に翻弄されたはずだ」

ふむふむとうなずき、おや？　と思う。

「ん？　左端さん、今なんて言いました？　主犯格の奴ら？　さっきのモヤモヤ悪魔のことじゃなく？」

「あれは雑魚だ、雑魚。あんなものを退治するのに俺がこんなに時間をかけるわけがないだろう。本命には逃げられた。気づかぬふりをして泳がせたんだが」

「本命？　逃げられた？　ええと、それは……」

どういうことだ？　また頭が混乱してきた。

「もっと力のある悪魔もこちらへ来ているということでございます。数は不明です」

ラミエルが教えてくれる。

「あの、じゃあ、僕の本体はもしかして」

「ああ、そいつらが持ってるな、たぶん」

いけぞんざいな調子で左端が答えた。

「あの……ふたりとも、九層の鏡を追いかけてる時から気づいてたんじゃないですか？

僕の体があの中に入ってないこと」

「まあな」

まあな、だと？

「宝探しは謎が多い方がよろしいでしょう」

ラミエルが羽で嘴を押さえるようにして「ほほほ」と笑う。

「ひっ、ひどい、ひどすぎます。僕は鏡の中にあるっていうのを信じて……」

僕の体は一体どこに――。

眩暈《めまい》がして、飛び石に膝をつく。水鏡の中には星空があった。直も左端もラミエルも
その中に影が映っていない。と思ったとき、うっすらと水面に直の額に刻まれたシジル
が浮かび上がった。直の運命は悪魔に繋がれたままだ。

数多の神と悪魔

ホテル、グラン・ディヴィーノ・リゾート京都は、地獄の王が人の世での仮住まいとして創出させた虚妄の建築物だ。にもかかわらず、蒼古《そうこ》とした風付きで京都の街に馴染《なじ》んでいた。仰々しい内装やインテリアも、慣れてしまうとどこか護られているような安心感を覚える。教会や神社仏閣の類から受けるものと似た感覚かもしれない。

地獄の王──この世の姿はホテル社長の左端真央である──が使うプレミアムスイートのゲストルームの一つが直にあてがわれていた。ここだけでアパートの部屋の四倍はある。清潔な寝具と快適な室温。望めば食事（美形天使が作る絶品グルメだ）が出てくるし、クローゼットには高級ブランドの衣類が店の商品棚のように並べられていた。

死んでからの方が住まいの質が格段に上がっている。ひょっとすると、横柄な左端との応対さえ苦にしなければ、下手に生き返るよりもここにいた方が……。

いやいや、ダメだ。早く本体を探して戻らないと。

生き返りを放棄したところで、行方知れずになっている本体が腐れば直の地獄行は確定する。長居すれば地獄に落ちる、まさに期限付きの桃源郷だ。

直は天蓋付きのベッドの上で、正気を呼び覚ますよう己の両頰を平手で打った。

昨夜は古の京都の結界を呼び起こす悪魔捕り物騒ぎだった。左端は地獄の牢《ろう》である九層の鏡の欠片の回収と小者悪魔の退治は果たしたものの、本命の悪魔を取り逃がした。直の体は見つからず、状況は振り出しに戻った。

また悪魔絡みの死体探しから始まるのかな……。

直の体探しは脱獄悪魔と不可分の関係だ。さらに。欲深き人間に憑依せねば人の世に在留できない悪魔の性質から、悪人の存在もまた悪魔と密接不可分である。つまり、直の生き返りには左端の悪人裁きが付き物となる。それが直を気鬱にさせた。

悪事は見逃されるべきではないが、虫けらのように罰せられる人間を見て気分が晴れるというものでもない。懲悪にも温情がなければ後味が悪いのだ。

取り留めのない思考を巡らしているうちに東の空がおぼろに白んできた。仮の体は食欲と同様に睡眠欲も控えめで、疲労感はあっても眠りは訪れず、一睡もせぬまま夜明けを――暁を迎えようとしていた。

もう帰ってきてるのかな。……にしては静か過ぎるか。

左端とラミエルは奪還した九層の鏡を収めに夜半の内に一旦地獄へ戻っていた。

あれが京都にいるなら直がこんなにのんびりしていられるわけがない。そう結論付けて、寝ころんだままサイドテーブルからスマホを取り上げる。九層の鏡の中から見つかった直のスマホだ。これがあれば少しは悪魔探しの助けになれるかもしれない。

オカルトサイトの記事によれば、悪魔は一神教の神が絶対的な善であるために置かれた敵対者だ。神に背いた天使や古代ペリシテ人の豊穣《ほうじょう》神ダゴンや古代カナン人の豊穣神バアルなど異教の神々も貶《おとし》められ悪魔とされた。悪魔が妖怪や怪物など下等な霊的存在と区別されるのは元来の神聖で高位な存在ゆえだ。しかし。

神として崇《あが》められてたのに突然侮蔑されたら悪心も抱きたくなるだろう。

中でもバアルはイスラエルのソロモン王に使役された七十二の悪魔の筆頭にも名が挙がる。ソロモン王に神殿や宮殿造りを手伝わされたあげく、瓶に閉じ込められるという不遇な扱いを受けたらしい。

直は不憫な悪魔にやや同情しつつソロモン王の七十二の悪魔の一覧に目を走らせた。左端と思しき『サタン』や『ルシファー』の名は見当たらない。よかった――。思いの外ホッとしたことに自分で驚く。なぜか左端が人間に顎で使われているような状況を想像したくなかった。

悪魔としての左端は、その呼び名の豊富さに表されている通り捉えどころがない。人の世に召喚されたという話は意外に少なく、サタンとは悪魔の総称だという意見も見られた。ネット上に悪魔サタンのシジルとして紹介されていたのは宗教団体の考案したマークで、直の額にある暁のシジルとは異なる。おそらく左端は印を使って人間とつまらない取引をしてこなかったのだろう。

おっと、これは──。

ふと目を止めたのはオークションサイトだ。見覚えがある図柄があった。画像を拡大しようとしたところで、突然スマホが大音量の着信音を鳴り響かせた。

「どわああっ、何なんだっ、一体」

オルゴールカバーの『天国と地獄』だ。運動会を彷彿《ほうふつ》とさせる曲に急かされ、スマホを落としそうになりながらわたわたと音量ボリュームを絞る。画面には「左端真央」の名が──。

え？　いつの間にスマホ契約したの？　地獄に行ってたんじゃ……。聞きたいことはいろいろあったが、電話のマークをスライドさせるや否や苦情を訴える。

「左端さんっ、勝手に着メロとか設定しないでください、僕のスマホ」

「僕の？　この世にお前のものと主張できるものなどひとつもないぞ。体すらな」

相変わらずの冷ややかな一言が返ってきた。

＊

「ここは一体……」

呼び出されてリビング南奥の部屋にやってきた直は呆然と周囲を見渡すしかなかった。先頃は二条城を彷彿とさせる絢爛豪華《けんらんごうか》な黄金の和室だったところが、南国リゾート仕様になっている。

開放的な大窓に青空が広がり、ソテツの樹がそそり立つ。バナナリーフやラタンのインテリアが、間接照明にやんわりと照らされていた。アロマオイルの香りを漂わせ、オリエンタル調のワンピース姿の女性たちが出迎えてくれた。皆アジアとヨーロッパのミックスといった感じの美人で、マネキン並みにスタイルがいい。何語だろう、彼女たちの話す言葉は全く馴染みがなかった。

左端は一段と広い奥の間の中央に置かれたベッドに俯《うつぶ》せになっていた。裸の腰から下には大判のタオルのようなものが掛けられている。均整のとれた小麦色の背筋がマッサージオイルでテラテラと光り、両側に配された女性たちの白く細い指がその上で艶めかしく動く。まじまじと見るのも気まずくて目を泳がせると、大きな葉で左端を扇《あお》いでいる女性が直を見て笑みを漏らした。

「お前はTPOという言葉を知らぬか？　その恰好《かっこう》は何だ。リゾートだと言っただろ」

左端が寝ころんだまま直を睨む。

「え、だ、だって、なるべく秘書らしく見えるようにしようと……」

本当は白シャツにスラックスという無難な組み合わせしか選べなかった。直の服装など春夏はTシャツとデニム、秋冬はパーカーとデニムと決まっていた。TPOを考えて服を着るのはせいぜい就活と葬式の時くらいのものだ。

　クローゼットの奥にあった柄シャツと白いハーフパンツが正解だったのか。

　確かに、今の直はエステサロンに商品を卸しに来た営業マンみたいだ。

「仕方ない奴だ。人間だったくせに人の世の楽しみ方をまったくわかっておらん」

「ほっといてください。僕の人生にこういうシチュエーションなかったですから」

「その機会を今やっている」

「い、いえいえ、結構です。僕のことはお気遣いなく」

　服を脱いでベッドに横になれと言い出しかねないので、直は窓際にあるラグジュアリーな大型ソファの片隅にそそくさと座った。

　京都に戻って（この部屋は異国のようだが）のんびりとエステなど楽しんでいるところを見ると、脱獄悪魔の新しい情報はないのだろう。

　直は先程見かけたオークションサイトが気になっていた。「地獄はどうでした？」と社交辞令的に帰省の感想を尋ねつつ、ポケットからスマホを引っ張り出す。「土産はないぞ」と返ってきた面白くもない冗談はスルーする。スマホの操作をしながら尻目に見ると、左端は不服そうに目を眇めた。少々あしらいが雑過ぎただろうか？　だが左端の機嫌を取っている暇はない。拡大した画像に目を凝らし、

「ああっ、やっぱりこれだっ、間違いないっ」

思わず立ち上がって叫んだ。オカルトショップあたりが企画したものだろう。商品の一部に直が知る図柄が描かれている。以前廃墟ホテルで目にしたシジルだ。

「さ、左端さん、ちょっと、これ見てください。この壺の写真」

スマホを掲げ、左端に駆け寄ろうと踏み出しかけたところで思いとどまる。

おもむろに起き上がる左端の肢体に、女性がふたりがかりでバスローブを着せかけているところだった。神話の挿絵のような光景、見惚れるほどの神々しさだ。左端はバスローブの合わせを軽く閉じ、ベッドの上に胡坐《あぐら》をかいた。長い黒髪をくしけずらせる傍ら、直の知らない言語で女性たちに何かを伝える。すると、ひとりの女性が直の足元に水の入った銀色の桶《おけ》を運び、跪《ひざまず》いた。女性は直のスラックスの裾を折り上げて、足を桶の水に浸そうとする。フットバスというやつか。

「あの、本当に、僕は、ノーセンキューです」

困惑顔で女性が小首を傾げる。言葉が通じていないのか、それとも左端の命令で引き下がれないのか。女性は直の足から手を離そうとしない。直には女性に請われた経験もなければ断った経験もなかった。結局根負けして、「じゃあ、少しだけ」と折れてしまう。とろりとした触感の水の中で足首を優しく揉みしだかれて、全身の力が抜ける。はあ。変な声が出そうになるなと思った直後、足の裏に激痛が走った。

「ひぎゃあああっ」

女性の手を足で振りはらうようなまねはできない。耐える直の隣にバスローブ姿の左端が腰を下ろした。無駄にかぐわしい香気が鼻先をくすぐってくる。

「痛いか。どのツボだ？　見せてみろ」

んんっ？　もしかして、壺とツボ掛けたとか？　バカバカしい！

足ツボマッサージの刺激と仕様もない地口に悶《もだ》えてクッションを握りしめる。

……それにしても力が強すぎないか？　きつく閉じていた目を薄く開けると、足に触れていた美女が屈強なスキンヘッドのおじさんに変わっていた。

「ぎゃあああああああああ」

「足や耳のツボを刺激されて痛みを感じるのは内臓に弱みがあるらしいぞ」

クッションに顔を埋める直の耳を、左端が引っ張る。

死人の内臓に弱みも何もあったものか。それに。

「ずっと、思ってたんですけどっ、そもそも死んでるのに痛覚あるって、おかしくないですかっ？」

「地獄で貸し出した体だからな。痛みや苦しみ、ネガティブな感覚は倍増しになっている。お前は痛がる姿まで素直で、実に好ましい死体だ」

左端はさも満足げに目を細め、うっとりするほど甘い声で言った。

＊

怪しい死体が見つかったというラミエルの注進を受け、左端の運転で現場に向かう。

すわ、悪魔の犯行か？　と緊張したが、車内にそんな張り詰めた感じはない。エステでより肌艶をよくした左端は優雅に濃紺の着流しを纏い、気分よさそうにハンドルを操作していた。

カラスの姿のラミエルもリアシートに直と並んで左端のドライブに付き合っている。本来美青年な天使だから本人はこの姿を快くは思っていないだろうが、蝶ネクタイを締めた細い首をコクコクと傾げる鳥のしぐさは愛くるしい。早く本体を探さねばという直の焦りも忘れ……ないけど癒《いや》される。何より素っ気ない左端に代わって直の質問に答えてくれるラミエルの存在は心強く、有難かった。

「ラミエルさん、逃げた悪魔の目星ってついてるんです？」

「特定には至っておりませんが、現在地獄で所在の確認ができていない高位悪魔の方が十数柱おられます。一応リストがこちらに……」

ラミエルは開いた左翼の内側に嘴を埋め、人差し指ほどの小さな巻文を取り出した。

その結び紐を解くと、ゴワゴワした質感の紙の表面から黒いインクの線が剝がれて浮き上がった。見慣れぬ文字列がまるで羽虫のように車中に漂う。直は仰のいてそれらを目で追った。

「じ、字が、生きてる」

「魔力だ。悪魔の名には力が宿る」

ルームミラー越しに左端が後部座席を窺《うかが》っていた。

「これ何か特殊な文字なんですか？」

「聖なる力を蔵する古代ヘブライ文字でございます。左から、ベリト様、バアル様、ナベリウス様、アスモデウス様、アザゼル様……」

ラミエルが読み上げると、宙に浮いた文字列が順に風に攫《さら》われるように散り散りになって見えなくなった。

「リストが、消えちゃった」

「悪魔は他者に名を刻まれるのを好まん。リストなどなくとも名はすべて記憶できている。問題ない」

「左端さんはそうかもしれないですけど」

「私も覚えております。もう少し候補が絞り込めましたら直さんにもお伝えしますよ」

「僕だってみんなと同じように今わかっていることを把握しておきたいです」

「そんなものお前が知ってどうなる」

「どうって……伝説とか特性とか、事前にいろいろ調べられるじゃないですか」

ぶつぶつとこぼしながらスマホのメモ機能を立ち上げる。聞き取れた名前だけでも記録しておこう。今朝偶然目にしたバアルも名を連ねていたし、漫画やゲームで耳にしたことのある悪魔の名前もいくつかあった。

「今から僕たちが見に行く死体にはリストの悪魔が関わってる可能性があるってことですよね。殺害方法が悪魔っぽいとか、そういうことですか？」

「それがはっきりしないのです。魔力は多少感じるのですが殺害は人間の手によるものだと思われます。しかし傷の大きさの割に出血量が多いように見受けられましたし、記号といいますか、文字らしきものを刻んだように見える傷が残されておりますので、一度サマエル様にご覧いただきたいのです」

緊迫感がないのはまだ悪魔絡みという確信が持てていない案件だから、ということらしい。

「悪魔って記号とか印とか好きですよね。――あ、印といえば。ラミエルさん、見てください。僕、廃墟ホテルで見たシジルと同じものをネットで見つけたんです。左端さんに見せようと思ったらなんかバタバタしてるうちにうやむやになっちゃって……」

開いてみせたスマホの画面は、件《くだん》のネットオークションのサイトである。ラミエルが黒い体を伸ばして覗き込む。

「あら、これは――」

「『ソロモンの壺』です。と言ってもレプリカってやつでしょうけど。調べてみたら、十七世紀にフランスで成立した魔導書に描かれているイラストそっくりでした」

写真の壺はマグカップよりもやや大きいくらいのサイズらしい。真鍮《しんちゅう》製で表面に緑青が浮き上がっている。球形の膨らみの下に細い金属棒が円錐《えんすい》形に並んだ脚が付いていて一見地球儀のようだ。赤道に当たるところに一周ぐるりと文字らしきものが彫られた飾りがある。そして。天辺《てっぺん》の蓋部分に直が注目したシジルが付いている。二重の円の円周にそって星座のマークに似た模様が並び、真ん中に鍵穴のような形が描かれた図だ。

「私も実物を拝見したことはございませんが――」

ラミエル曰《いわ》く、ソロモンの壺とは悪魔を使役する五芒星《ごぼうせい》の指輪と共に神がソロモン王に与えた神聖な道具だそうだ。ネットの情報の通りソロモン王は悪魔の力を利用して偉大な建築物を作った。悪魔は人間に蠱惑《こわく》的な話を持ち掛け、過酷な見返りを要求する。悪魔の力を統べる神の贈り物は、欲望を制御して扱わなければ悪魔に取り込まれる危険なものでもあった。ソロモン王は自らが亡くなる前に、召喚したすべての悪魔を壺に封じて海に捨てたという。

バアルが閉じ込められた瓶というのはソロモンの壺なのか？

その後ソロモンの壺は漁師の網にすくわれ再び封を解かれることになる。解放された悪魔は地獄と人の世を行き交い、人間を巻き込んで熾烈《しれつ》な権力争いを繰り広げた。繰り返された混乱の中でいつしか壺は指輪と共に行方がわからなくなったらしい。

「神の使いとして人間に壺と指輪を渡したのは天使ミカエルだ。あいつが責任を持って始末するべきだった」

左端が刺々《とげとげ》しい口調で言った。

ミカエルとはもっとも神に近い天使といわれ、何かと左端と対比される相手らしい。その話題に踏み込み過ぎると左端の機嫌を損ねかねない、という気配をラミエルの目配せによって悟った。左端は悪魔のみならず天使とも仲が悪いのか。

直はつとめて声のトーンを上げた。

「そ、そんな壺がネットオークションで都合よく見つかるなんてことありますかねえ」

「これはオークションでございますか。ならば競り落とせばよいのですね」

「え？　ええ。ラミエルさん入札するつもりですか？　あっ、でも、これはもう落札されちゃったみたいですよ。……こんなおもちゃに十万円も払うマニアがいるんだ」

「なんと！　では我々が手に入れるにはどうすれば――」

「落札者から奪うか。本物かもしれんぞ」

冗談とも本気ともつかない左端のひと言に、直は「まさか」と苦笑した。するとラミエルが黒い羽を振って、慌てた口ぶりで言う。

「九層の鏡は神力のかかった金属物による攻撃を受けて破損した疑いがございます。考えられる武具や道具について検証が行われているところですが、ソロモンの壺は長く失われておりましたゆえ考えつきませんでした。真鍮製の壺は条件に合います」

「そ、そうなんですか？　それじゃ、もしかするとこれは地獄から――」

「可能性はあるな」

「うっそ……」

「お手柄でございますよ、直さん。よくぞ気づかれましたね」

「い、いや、まだ本物かどうかわかりませんし……見つけたのもただの偶然なので」

持ち上げられても素直に喜べない。九層の鏡を割ったのが神力の宿る金属だとか、新しい情報があるならなぜすぐに教えてくれなかったのか。知っていたら直だって……できることはないかもしれないけど、でも。情報を共有させるのは基本だろう。一応は契約者なのだから。軽い疎外感に凹みつつ、直はふと憂慮すべき点に思い当たる。

「本物なら、手にした人はソロモン王みたいに悪魔の力を使えるってことですよね？」

「あの方ほど使いこなせる方は現れないでしょう」しかし、とラミエルは続ける。「ソロモンの壺は悪魔のみならず、この世の存在でないものすべてを吸い込みます。サマエル様も私も、仮の体で存在されている直さんも壺の住民になりえます。偉大な力が、人間によって閉ざされる可能性もございます。壺の神力を理解した者が壺の口を対象に向け、中に入れと厳命すれば——」

顔色はわからないカラスだが、重くなった語り口から恐れが伝わる。しかし直はラミエルの説明で反対に楽観的になった。

「なんだ。だったら価値がわからない人に渡ればただの壺ってことですよね」

「落札者は何という者だ？」

信号待ちで左端が振り返った。直はスマホの画面をスクロールさせて詳細欄に目を落とす。

「落札者の詳しい情報はネット上ではわかりません。特にこの壺を落札した人は他に取引の履歴がないので追いにくいです。壺の出品者の他の商品を僕らが落札して連絡を取れば、落札者のことを教えてもらえるかもしれません。……あ、出品者は京都の人みたいだからうまくいけば会って話が聞けるかも」

「よし、俺の名でそいつの出品しているものを何か落札しろ。連絡が取れたら会うぞ」

左端のスマホが直の膝に投げられた。

「何かって……この人が出してる物はガラクタばっかりですよ。土器の欠片とか、どこかの国のお土産品みたいなお皿を古伊万里《こいまり》とか……絶対偽物でしょ」

ますますソロモンの壺の真偽のほどが怪しく感じられる。

「かまわん。手っ取り早く何か落とせ。まだ手元に壺があるなら、落札した奴の十倍でも百倍でも払うから俺に譲れと言え。金があるところを見せつけて喰《く》いつかせろ」

「そんなにムキにならなくても……」

「その壺が本物で、落札者が悪魔憑きだったらどうなる？」

「うーん。それだと、そうですねえ、まずは自分に憑いてる悪魔にとって障害になる悪魔を消そうとするのかなぁ。――あ」

地獄から逃げた悪魔にとって不都合な悪魔とは。もっとも有力候補が目の前にいた。

左端とラミエルの蔑みの眼差しが突き刺さる。

ええ、ええ。どうせ腑《ふ》抜《ぬ》けですよ。

『古代の勾玉《まがたま》』というこれまた眉唾物の品を即決価格で即落札して、壺の出品者に挨拶メールを送信した。

＊

冷房が効いた車から降りると、ねばりつくような蒸し暑さに迎えられた。まだ午前七時だというのに、すでに気温は三十度近い。

やって来たのは、京都市南区の西の端、久世《くぜ》という場所の住宅街だ。死体はこの地区にある綾戸國中神社《あやとくなかじんじゃ》で発見されたらしい。小規模ながら、祇園祭《ぎおんまつり》で重要な役どころを担う由緒正しい神社である。ネットの情報によると、交通量の多い道に面しているにも拘《かかわ》らず注意していないと見落としてしまう控えめな社のようだ。だが今朝は、玉垣に張られた規制線の黄色いテープとその前に屯《たむろ》する野次馬のおかげで離れたところからでもその所在に気づいた。

「先に参ります」とラミエルが飛び立ち、直と左端はコインパーキングから歩いて現場を目指す。謙抑に努めているわけでもないのに、歩幅と歩みの速度の違いでどうしても直が三歩下がって付いていくような位置関係になった。

追いかける後ろ姿には隠しようのない風格が漂い、どうしたって目を引く。密《ひそ》かに殺害現場に忍び込んで死体の様子を探るなんてできそうにない。左端は例のごとく力を使って強行突破するつもりだろうか。でも。

「左端さん、取材のカメラがあるみたいですけど、どうするつもりですか？」

「別にどうもせん。俺は構わん」

「構いますよ、死んでる僕は映るわけにはいきませんし、左端さんだってカメラの前で無茶したらマスコミに追われることになって厄介ですよ」

左端はフウンと鼻を鳴らし、「ならば顔を変えるか」と民家の壁に貼ってあったふたりの市会議員のポスターをツイと指さした。

「変える？」

意味が飲み込めていない直を放置して、左端は掌を市会議員「おかだたろう」の顔に押し当てた。ポスターと掌の間にコピー機を思わせる光が走る。すると、信じられないことに左端の掌に「おかだたろう」の顔が写し取られていた。

へ？

ポカンとした直の間抜け面にすかさず左端の大きな掌が押しつけられる。

「んんっぐぐっ、い、いったい何を……」

「顔を写した。お前の顔は今この『おかだたろう』になっている。俺はこっちの『田中はやと』になるとしよう」

言いながら左端は先ほど同様に掌にポスターの写真を複写した。今度はそれを自分の顔面に押し当てる。すると、あの絶世の美形が、瞬時に細目で下膨れの中年の男に転じてしまった。仰天してあわあわと口を動かす。

「あわああああああっ、……あーあ」

「うるさい。これで文句なかろう。俺とお前の像が世に出ることはない」

左端の顔がこうも変化したということは。鏡がないので確認できないが、直は面長であぐら鼻の初老の男だ。頭髪が寂しいポスターの写真を見返し、ふと自分の頭頂部に手をやる。髪型は変わっていないようだ。そういえば左端の黒髪も変わらず長く美しい。だからこそ恵比須顔とのギャップがすごい。

「複写顔の持続時間はさほど長くない。行くぞ」

恵比須顔の中年に美声で呼びかけられる。

行くって、まさか、正面から突っ込む姿勢は変えないつもり？

左端は目的地まで躊躇なくまっすぐ歩き、規制線の前の人だかりに割り入った。

神社の南鳥居は緑に囲まれ粛然と存していた。そこから続く参道の奥にブルーシートが見える。制服警官が規制線に触れた左端に注意する。

「近づかないでください。ここから先は関係者以外立ち入り禁止です」

「関係者だ。あそこにある死体は地獄の臭いがする。あれの扱いは専門だ。俺は地獄の王だからな。死体を見せろ」

いつもの高圧的な物言いも顔が違うので締まらない。背後で「頭大丈夫か、おっさん」と嘲笑交じりの声が上がる。追従する笑いの波。左端は周りの反応をものともせず規制線を潜《くぐ》り抜《ぬ》けた。

「あ、ちょっと、下がって」

警官が立ちふさがり左端の胸に手をつこうとした。

「下がるのはお前だ。無礼者。俺はあの奇っ怪な死体の見分をせねばならん。ここでおとなしく譲れば、お前が犯した罪過のひとつは見逃してやってもいい」

「何を言ってるんだ、あんたは……」

いよいよ警官の手が触れそうになって、左端が先に左手で警官の手首を摑んだ。続けて右手を顔の高さまで振り上げる。殴りかかるのかと周囲が沸き立つ。——その時、直は左端の指の動きに感付いた。親指の先で中指の腹を押さえて——指を鳴らそうとしている。まずい。こんな衆目の中で指先に巨大な火柱でも噴き上げられたら最悪だ。顔を変えていたって意味がない。止めなくちゃ——。

「まままま、待ってくださいっ」

上ずった声を張り上げて規制線の中に踏み入ると、警官は直の顔を見るなり「あ」と小さく声を漏らした。

「失礼しました。ご家族の方ですね」

直と左端は突如境内に進むよう促された。

境内は敷地の真ん中からぐるりと四方を見渡せる程度の広さだ。白い提灯《ちょうちん》が吊られた拝殿とその隣の神饌所《しんせんしょ》の前にブルーシートが張られていた。

奇妙な偶然で、殺人事件の被害者は直が顔を写し取った市会議員岡田太郎《おかだたろう》だった。被害者に瓜二つ《うりふた》であるため（同じ顔なのだから当たり前だが）、直は被害者の息子と間違われたようだ。

岡田太郎は散歩でこの神社を訪れるのを日課としていたらしい。日が昇れば気温も一気に上昇する。最近はもっぱら夜明け前の薄暗がりに歩いていたという。その散歩中に何者かに複数個所《かしょ》刺され殺された。近くには二十四時間営業のコンビニもあるのに、目撃した者もなければそれらしい声を聞いた者もいない。

直はあまり顔を見られないようにハンカチで鼻と口を覆って警官の話を聞き、ショックと混乱で応えられないという態で質問を逃れた。もっとも、死体と対面してお決まりの嘔吐感に苛《さいな》まれていたから、岡田の息子に成りすまして会話する余裕などなかったけれど。

死体はまさに血まみれだった。顔色や死斑も見定められないほどに。地面の窪《くぼ》みにできた血だまりに横顔が浸《つ》かり、ポロシャツもジャージもバケツで血を浴びたのではないかと思うほどに赤く染まっていた。ブルーシートの囲いの中では、鉄さびのような血の臭いが重く立ち込めて息苦しさを増した。恐ろしさに涙が湧いた。

感覚のすべてを閉じてしまいたい心情に蓋をして、潤む視線を死体に向けた。刃物で刻まれた文字――記号か？――は左の前腕に見て取れた。やや右に傾いたアルファベットのNのような形だ。別の角度から見たらZか。他には……。

傷に形を見出そうと懸命に目を凝らした。けれど、直の目には所詮裂けた肉だ。繰り返し襲う吐気に耐えられずブルーシートの外へよろよろと這い出した。

ゆっくりとした足取りで左端が付いてきた。ラミエルが手水舎《ちょうずや》の屋根の上から左端の近くにある絵馬掛け所へ飛び移った。

「アレフ、生贄《いけにえ》か」

左端が独り言のように言って、ラミエルが応えて黒い瞳を光らせた。

生贄？

物騒な単語に、直はギョッとして口元をハンカチで塞いだまま顔を起こす。

その時、刑事らしき男が南鳥居の方からこちらに向かって歩いてくるのが見えた。男は突として直と左端の存在に気づいたように瞠目する。

「あんたたち……何者だ？　そこで何を？」

「え？　何って……」

直は眉を寄せて男を見返す。その刹那、もしや、と隣の左端の横顔を検《あらた》め、全身が凍り付くような緊張を覚えた。仮の顔の団子鼻と本来の左端の高く際立つ鼻梁《びりょう》とが交互に形を見せていたのだ。まるでピノキオ。顔が元に戻りつつあるということか。左端の顔がこの調子ならハンカチで隠した直の顔も同じ状態だろう。

ヤバい――。

刑事らしき男はしきりに目を擦りながら近づいてくる。左端は顔の変化に気づいているのかいないのか、顎を上げて尊大な態度で待ち受ける。直は咄嗟に左端の前に進み出て、男に頭を下げた。

「す、すみません、ドラマの撮影かと思って紛れ込んでしまいましたっ。い、今すぐ、し、失礼しますっ」

言い終わったタイミングで、ラミエルが刑事らしき男の顔を目掛けて飛んだ。男が驚いて身をかがませている間に、直は左端の腕に自分の腕を絡めて回れ右させる。

「なんだ死体、離せ」

「いいから黙ってまっすぐ歩いてくださいっ」

入って来たのと逆方向の北鳥居へ急ぐ。こちらにも野次馬はいたが、間口が狭い分南鳥居より数が少ない。左端の着物の襟を下に引いてなるべく顔を俯かせた。けれど。

野次馬のひとりが左端を指さして頓狂な声を上げ、左端にスマホのレンズを向けた。

「お、おい、あの顔……」

どうしよう、気づかれた——。

血の気が引くという感覚を、身をもって知った。戦慄しながら見上げると、うっすらと恵比須顔の幻影を残した美貌の悪魔が妖艶な薄笑いを呈していた。漆黒の瞳の奥に禍々《まがまが》しい赤い色が点《とも》る。

左端は指さした男の影が踏める位置まで近づき、流し目に男を見た。次の瞬間、男が膝をついて倒れた。手足を痙攣させ、口の端から泡立った唾液を溢れさせている。周囲の視線が男に集まり騒然となった。

「どうした？　あんた大丈夫か」

なんか暑い――いや、熱い。

心なしか男の影から湯気が立ち上っているように見える。留まろうとする直を今度は左端が引き寄せた。「死にはせん」と耳元で告げられたすげないセリフに唖然《あぜん》とする。

振り返ることができずに神社を後にした。

背後で「熱中症だ、水を」と叫ぶ誰かの声が聞こえた。

「人の世の夏は実に危険が多いな」

左端が愉快そうに囁いた。

＊

神社から離れても、道端に集まる人の姿がちらほらと見られた。静かな住宅街に死体とあれば近隣住民は心穏やかではないだろう。顔を寄せ合って深刻そうに話をしている。余所から来た野次馬に留意している余裕はないようで、左端と直に関心を寄せる者はなかった。

直は人気のない路地に左端を押し込んだ。顔形が完全にいつもの美形に戻るのを確認すると、ようやく人心地ついて左端の腕を離した。すでに死んでいる身とはいえ、左端といると本当に寿命が縮む思いばかりだ。

「さっきの人に何をしたんですか、左端さん」

「影から熱を伝えただけだ」

「悪魔憑きでも悪人でもない人を相手に地獄の力を使うなんて」

「無礼な者は罰する。寿命に障りがなければ問題ない」

左端はぴしゃりと言って、空に飛翔《ひしょう》するカラスに向けて軽く手を上げた。カラスは黒い羽を広げ、緩やかに下降して直の頭に留まった。なぜそこ、とツッコむ前に謝罪の言葉が降ってきた。

「すみません、直さん。適当な高さの止まり木がなかったものですから」

止まり木の代わりって……。まったくもって悪魔も天使も死体の扱いがひど過ぎる。と思っていたら、「まったく、人間というやつは厄介だ」と左端がため息交じりに言って、腕を組んだ。

「……左端さんに言われたくないですよ、人間も」

思わず小声で逆ねじを食わせると、半眼に開かれた眼がじっとりと直に向けられた。間を置かず差し向けられた長い指が直の額のシジルを弾く。

「痛っ」

痛覚数倍増しの衝撃に身をよじる。と。頭上のラミエルが滑り落ちないようにと直の頭皮に趾《あし》を突っ張らせた。カラスの爪が刺す痛みに悶える。抗えばろくなことにならない。観念して木に徹する方がマシだ。直はよろめきそうになる足を踏ん張った。

そんな直を尻目に、左端はつんと顎を反らしてしかつめらしい顔をした。

「人間は悪魔など憑依せずとも卑しいものだ。欲のために殺人を犯して悪魔に捧《ささ》げる輩がいるくらいだからな」

「やはりあれはアレフでございましょうか」

「だろうな」

左端とラミエルの話を耳に入れながら、直はスマホの検索サイトを立ち上げる。

「あ、アレフってもしかして、このヘブライ文字の א《アレフ》ですか？」

スマホの画面を示して問う。アルファベットのAにあたる最初の文字だ。

「ええ、さようでございます」

「この文字に生贄という意味が？」

「אには、物事の始まり、牛、リーダーなど様々な意味がございます。文字に込められた念を読み解きますと、死体は牛、すなわち生贄であり、生贄を捧げる、というメッセージが浮かび上がります」

一文字で多くの意味を持つ漢字を、状況によって判読するのと似た感覚だろうか。例えば「生」という一文字を見て「いきる」と捉えるか「なま物」と捉えるか、漢字に慣れ親しんでいればその場その場で受け取り方を変えられる。悪魔と天使にとってヘブライ文字はそういう馴染みある文字なのだろう。

「このような暗示的な文字を人間が死体に刻みましたのはおそらく――」

「悪魔に媚《こ》びているのだ、欲深き蚊虻が」

左端がラミエルのセリフを途中で奪った。

ん？　変だな。

直は訝しく眉を寄せる。

「悪魔に気に入られたから憑かれちゃった人でしょう？　今更媚びる必要が？」

「いえ、岡田太郎を殺害した者は悪魔憑きではないようです。そのような強い悪魔の気配が感じられません」

「でも犯人が悪魔にとり憑かれていないとなると、単純に人間が起こした殺人事件っていうことになりません？」

「表向きはそういうことになりますね。しかしあの血の量からしても何らかの魔術がかかっているように感じられます。犯人の近くに悪魔がいることは間違いございません」

「どうせ貪欲な人間が、垂涎《すいぜん》の魔力を見せつけられて悪魔の要求のままに生贄を捧げたというところだろう」

左端はそう推察すると、「まったく人間は」と再び煩わしそうに吐き捨てた。

悪魔に取り入るために人を殺すなんて。そうまでして悪魔の力を望む人がいるのだろうか。人を殺して幸福が得られるわけがないだろうに。本当にそんな悪人がいるなら早く取り押さえないと。おぞましい貢物を繰り返させてはいけない。

「非力な者が下手に力を持つと碌《ろく》なことにならん。悪魔諸共《もろとも》さっさと片付けてくれる」

大股で歩き出す左端を三歩遅れて追いかける。頭の上からラミエルが飛び立った。

「左端さん、相手が人間なら僕に任せてください。人間のやり方で対処しますから」

「人間のやり方？」

「ええ。悪魔の力を使うんじゃなくて、人間同士で話をするんです。だって、僕は人の世に対応するための秘書でしょう」

小走りで追いついて何とか横に並んで左端の顔を窺う。左端の黒い瞳が一瞬だけ直を見つめ返し、すぐに正面に向き直った。歩調がさらに速くなる。

「ふん、俺が手を下した方が解決は速いと思うが？　面倒くさいな、お前は」

「あ、ちょっと、左端さん、待って」

期待されずとも、自分にできる仕事をこなしたい。仲間とまでは思われなくても同じ目的に向かう者として、左端と一緒にいる意味を見出したい。そういう思いが直の中に芽生えていた。

「人間のやり方」として直がまず行ったのは、地域住民への聞き込みだ。ひとりでできると言ったのに、左端はラミエルを先に帰して直に付いてきた。

事件に新たな展開があったようで、周辺はさらに深刻な雰囲気を醸し出していた。民家の庭先に集まる年配女性に声をかけると、よそ者への警戒心を露《あらわ》に渋い顔で睨まれた。逃げ出したくなるような拒絶オーラだ。たじろいだ直の前に左端が進み出た途端、女性たちは一斉に表情を和らげた。釈然としないまま左端を見れば、わざとらしいほどに人懐こい笑顔を張り付けていた。人の世のなんと理不尽なことか。結局女性たちから首尾よく情報を引き出したのは左端の美貌だった。

岡田はいわゆる地元の名士だ。やや横柄で煙たがられることもあったようだが、殺意を抱くほどの恨みを買っていたわけではなさそうだ。近所の住民からすれば、むしろトラブルは身内にあるように見えていたらしい。岡田には数年前に他界した妻との間に五人の子供と三人の孫、これに加えて妻以外の女性が生んだ庶子がいると噂されている。愛人の娘らしき女と口論していたのを見たという人もいた。さらに。

「警察がもうすぐ公開捜査に踏み切るみたいだけど」と前置きして打ち明けられたのは、岡田の孫の中村理久《なかむらりく》の行方がわからなくなっているということだった。理久は岡田の長女夫婦の子供で小学三年生の八歳。普段は岡田の屋敷《やしき》の離れに両親と暮らしているが、昨夜は岡田が一人で暮らす母屋に泊まっていたらしい。岡田の死体が発見され、警察が家を訪ねた時にはすでに理久の姿はなく、着ていたパジャマが布団の上に脱ぎ捨てられていたそうだ。

「理久ちゃんはお孫さんの中でも一番のお気に入りで、先月の祇園祭でお稚児さんを務めた時にはそりゃあもう岡田さんご機嫌だったのよ」と誰かが最後にそう言った。

祇園祭はおよそ千百年前の疫病退散祈願が始まりの祭礼で、日本の三大祭りの一つだ。七月の一か月の間に多彩な祭事が行われ、中でも山や鉾《ほこ》と呼ばれる山車《だし》が京都の中心街を巡る山鉾巡行《やまほこじゅんこう》がよく知られる。この巡行で先頭を進む長刀鉾《なぎなたぼこ》に搭乗するのが、神の使いである長刀鉾稚児だ。そして、祭りで最も重要な行事の神輿《みこし》渡御で神輿を先導する馬に乗るのが、神の化身とされる駒形稚児である。駒形稚児は毎年綾戸國中神社の氏子の中から選ばれており、今年は理久が務めたようだ。

車に戻ってざっくりと祭りの説明をすると、

「神を宿した子供か。悪魔儀式に使うには最適だな」

左端がスマホを弄びながら不吉なことを言った。

「嫌なこと言わないでくださいよ。でも、誘拐には悪魔が関係してますよね」

「まあ、そうだろうな」

稚児に何をさせるつもりだろう。なにはともあれ急を要する。

「岡田太郎に恨みがある人を順番に当たるのでは時間がかかり過ぎますかね……左端さ

ん？」

熱心にスマホ画面を見ている左端を怪訝に思い、手元を覗き込む。オークションサイトのダイレクトメッセージのようだ。

「壺の出品者から連絡があった」

「壺……あっ、ああ、ソロモンの。壺はまだ出品者のところにあるんですか？」

「いや、昨日直接会って渡したようだ。落札者も京都にいる。壺を取り返してくるから十倍の金を用意して待てと言ってきた」

「出品者が？」

落札金額の十倍は百万円か。なんだかまたクズ人間の臭いがする。

「神泉苑の池で壺を拾ったらしい。今から神泉苑に行くぞ」

「は？　なんで？　もうそこに壺はないんですよね？」

＊

東寺真言宗の寺院である神泉苑は、平安時代には天皇の庭、禁苑だった。祇園祭発祥の地や静御前と源義経《みなもとのよしつね》の出会いの場として知られ、祈雨が行われた池には龍神が住むなど数多の伝説や伝承が残る。二条城に敷地の多くを奪われたものの雅な苑池は現存し、木々の緑と空の青さ、太鼓橋の赤い欄干、南端に鎮座する善女龍王社《ぜんにょりゅうおうしゃ》を映し込んで煌めいている。

左端は大鳥居の下から悠然と庭を眺めていた。観光には時間が早いせいか、幸い人の姿はまばらだ。

「池が随分小さくなったな。前はこの十倍はあった。龍神もさぞ暮らしにくかろう」

「も、もしかして平安時代にここで龍神に会ったとか言うんじゃないでしょうね」

「会った。俺があいつを助けてやったんだぞ」

「あいつって、善女龍王を？」

「いや、別の龍神だ。善女龍王はここに在住しているわけではない。坊主の雨乞い対決の折に俺がインドから呼び寄せたのだ」

「えっ？　そ、それって、めちゃくちゃ有名な話ですよね？」

いい加減驚くことに慣れたいところだが、次々出てくる突飛な話に相変わらず素っ頓狂な声を上げてしまう。

東寺の空海と西寺《さいじ》の守敏《しゅびん》、ふたりの僧侶の雨乞い比べの伝説はよく知られている。空海に手柄を取られるのを恐れた守敏が、空海の祈禱《きとう》が始まる前に降雨をもたらす龍神を瓶に閉じ込めてしまった。そこで空海は天竺《てんじく》の池から善女龍王を呼んで雨を降らせたという。

「俺と空海はちょっとした縁がある」

「あっ、確か、空海は修行中に明けの明星を飲み込んだって――」

空海については東寺の記事を書いた時に調べた。口の中に明星が落ちてきて宇宙と一体となったと著した文献があった。左端の印、「暁」は明星《金星》だ。

「あいつの腹に入ったわけじゃないけどな。おかしな坊主だった」

「あれ？ でも、それだと左端さんが助けたのは龍神じゃなくて空海ですよね」

「雨乞いの後、人間どもは善女龍王にかまけて瓶に入れられた方の龍神を忘れた。それを俺が解放してやったんだ。あいつはまだここにいるはずだ」

あいつ元気かなと同級生を懐かしむように龍神の話をする地獄の王である。

今なら子供が入った桃が川に流れてきた話や竹から生まれた娘が宇宙に帰る話でも、左端が関わっていたと言われれば素直に信じてしまいそうだ。が。

「待って。まさかただ懐かしくなってここへ来たんじゃないでしょうね？ 思い出の地を巡る旅じゃないですよ。悪魔を、悪魔に誘拐された子供を早く捜さないと。僕の本体だって――」

急がなければ腐ってしまう。

「まあ、そう慌てるな。闇雲に動いても仕方あるまい」

左端はのんびりとした観光客の足取りで南鳥居から善女龍王社へ向かう。直はがっくりと肩を落とし脱力した。詮ずるところ、悪魔に関して全く手掛かりがつかめていないということだろう。人の世の臭いについてあまり苦情を言わなくなったが、まだこの世で本領発揮とはいかないのだろうか。

「しかし、寺院といいながら神もいるとは、節操がないな」

「左端さんがそれを言わないでください。神仏習合って日本ではそんなに珍しくないんですよ。神道に始まり仏教を受け入れて両方を愛してきたんです、日本人は」

拝殿には先に参詣している若い女性と女の子の後ろ姿があった。神泉苑は願いが叶《かな》うパワースポットとして人気がある。賽銭《さいせん》箱の前に辿り着いてはたと気づく。小銭すら持っていなかった。悪魔に出してもらうのもどうかと思うがやむを得まい。

「左端さん、お賽銭を――」

「死体よ、生き返りの願いなら俺が聞いてやる。金を払ってまで龍神に頼む必要はない。そもそも神は死体を相手にせん」

朗々と響く美声が社の屋根の下で弾けた。

「ちょっ、おかしなことを言わないでくださいっ」

どうしたら気遣いというものを悪魔に教えられるでしょう、龍神様。

ふと見ると龍神の社に向かって手を合わせていた女性がポカンとしてこちらを見ていた。死体とか生き返りとか言い出して妙な奴らだと思っただろう。

白いノースリーブワンピースが似合う清楚《せいそ》な感じの人だった。二重の大きな目が印象的だ。年齢は直と同じくらいか少し年上だろうか。長い髪を左端と同じように後ろでひとつに束ね、露になった耳に草を編んで輪にしたような変わったピアスが揺れている。女性の陰に隠れるようにして立っている女の子も女性と同様のワンピース姿だ。こちらは大振りな麦わら帽子をかぶっていて顔が見えない。体の大きさからして小学校中学年くらいだ。親子にしては母親が若すぎる。姉妹か。心の中で当て推量をしていたら、

「おい、娘」

左端が不躾《ぶしつけ》に呼びかけた。想定外の左端の行動に直が硬直する。何をする気だ？

女性ははたと当惑して左端を見上げ、

「ああ、びっくりした。あんまりきれいな人だから、本物の神様かと思いました」

冗談めかして笑い出した。気さくな人で救われた。

「ほう。なかなかいい目を持っているな。神ではないが、似たようなものだ」

似たような、ねえ。直は密かに息を吐いて眉間を揉む。気が休まらないからやたらに人に絡まないでほしい、なんて直の都合など左端は考えてはくれない。

「お前、強い願いがあるようだな。何を願った？」

「私、ですか？……妹の病気がよくなりますようにとお参りしました」

女性が女の子の肩を抱いてゆっくりと向きを変えた。女の子は手で宙をかき、覚束《おぼつか》な

い足取りで、促されるまま歩く。もしかして、見えていないのか？

「妹さんは目の病気なんですか？」

「いえ。……神経の病気で、麻痺《まひ》や視力低下があるんです」

物憂げに俯く女性の姿に、立ち入った質問をしたことを後悔した。お詫びに何か手伝えないかと考えたが、通りすがりの一時の情けなど何の役にも立たないだろう。直は女の子に差し出しかけた手を引っ込めた。そんな直の態度を察したのか、左端は嘲笑するかのように鼻を鳴らし、探るような視線を女性に這わせた。

「おためごかしで俺を欺こうとしても無駄だ。お前は何者だ？　悪魔憑きとも違うな。何か術が掛かっているか」

不躾な左端の物言いにさすがに女性は顔を曇らせた。左端の目を避けるように少々強引に妹の体を引き寄せる。思うように動かない妹がもどかしいのだろう。焦慮をにじませ唇を嚙んだ。

「さ、左端さん失礼ですよ。あ、あの、ごめんなさい、怖がらせて」

直は左端に代わって謝った。「左端さん」と叱る調子で名を呼んで、大型の動物をなだめるように左端の胸に手のひらを添える。――と。直の指先が左端の内に宿る業火の熱さを感じた。その刹那、左端は直の手を払いのけ女性の耳のピアスを摑もうとした。

「きゃっ、何なんですか、この人。――助けて」

怒りと恐れで蒼白《そうはく》になった女性が直に寄りすがる。直がか細い肩を受け止めようとした時、左端は女性から庇《かば》うようにして直を自分の後ろへ引っ込ませた。

「これは俺の契約者だ。王の物に気安く触れることは許さん」

口調は冷静なれど、心胆寒からしめるほどに凄味があった。直は足が竦むような緊張を覚えた。その時、にぎやかな話し声と共に複数の参拝者が参道に姿を見せた。旗を掲げたガイドが率いるツアー客が、左端と女性の間を隔てるように流れてくる。

「逃がすな。あの女はどうも臭う」

左端が直に低く囁いた矢先、「あら？　あなた、テレビに出てた、何とかいうホテルの社長さんじゃない？」とツアー客のひとりが左端の袂を引いた。それを皮切りに女性のツアー客が左端の周りに集まり始めた。ワンピースの女性が妹を抱えて法成橋という赤い丸太橋の方へ去っていくのが人群れの向こうに見えた。

「追いかけろ」という左端の声と同時に突風が起こった。建物や植物が軋《きし》み、撓《しな》る音と人の悲鳴が耳朶《じだ》を揺さぶる。伏した目を薄く開くと、砂ぼこりで白く濁った空に女の子の麦わら帽子が舞うのが見えた。帽子は風に巻き上げられ高く上がり、池の方へ――。落ちる、と思うや否や直はついと地面を蹴った。人波をかき分けて法成橋を駆け上がりジャンプして麦わら帽子を摑んだ。

帽子は大人サイズのようだ。ワンピースの女性のピアスと同じく草を円形に編んだ飾りがリボン部分に付いていた。同じメーカーの商品だろうか。汗止めに『Jun』というラベルがある。

　帽子に見入っていると、突如それが手元からスッと抜き取られた。ワンピースの女性が妹を背中に担いで直の目の前に立っていた。先刻までの愛想の良さをすべてそぎ落としたような無表情だ。

「あ、あの——」

　直が呼び止めるよりも先に彼女は走り出していた。意外に身のこなしが軽く、走るのも速い。背負われた妹がぼんやりした面持ちで直の方を振り返った。物の形くらいは見えているのだろうか。病気の割に肌が日焼けしていて、いわゆる病気がちの深窓の令嬢という風姿ではなかった。病気の発症は最近のことかもしれない。

　ふたりを追いかけるべきか迷った。しかし。どうしたって直にはあの女性が先の事件の藤美グループの連中のような悪人には思えない。左端だって「臭う」と言っただけで明確な「気配」を見出せていないようだった。人を殺すほどの悪人ならば左端が見落とすはずはない。

「女の子の帽子が池に落ちなくてよかった。大活躍だったたね」

　直を労《ねぎら》ってくれたのは、ツアー客のひとりである高齢の男性だった。頭髪の代わりにシミが浮かんだ禿頭《はげあたま》、穏やかな笑顔に白い歯が際立つおじいちゃんだ。

「あの着物の、綺麗な男の人、あんたのお連れさんでしょう？」

おじいちゃんが指さすのは、善女龍王社の拝殿前だ。左端がツアーの女性たちに囲まれて写真撮影していた。もてはやされて随分機嫌がよさそうだ。ワンピースの女性のことなどもう頭にないのではないか。と眺めていたら、左端がふいと視線を投げてきた。目を合わせると、牙をむいて威嚇するようにギリッとかみ合わせた前歯を見せられた。ぎくりと心臓が跳ねて速攻で目を逸らしてしまった。

「あの人、有名なホテルの社長なんだって？　あんた社長の付き人なの？」

「ええ、付き人といいますか、一応、秘書ということになってるんですけど……」

「へえ、秘書。大きい会社に就職するだけでもすごいのに、優秀だ」

「いえ、そんな。たまたまですよ。……たまたま、死ぬほど運が悪くて」

「は？　運が良くてでしょ？」

おじいちゃんは一瞬キョトンとした顔を見せた後、「あっはっは」と豪快に笑った。その弾みで、おじいちゃんの口から勢いよく白い塊が飛び出した。何だ？　と疑問に思う間もなかった。――入れ歯だ。さすがに直も即座にそれを受け止める手が出せず、膝を折って避けてしまった。入れ歯は直の横顔をかすめて飛んだ。

トポン。

滑稽な入水音《じゅすい》が橋の上に届いた。欄干から池を見下ろせば、餌と勘違いした鯉《こい》たちが水面に寄り集まって激しい飛沫を上げていた。どうしよう。困惑する直の上に影が差した。顔を上げると、仏像めいた静かな笑みをたたえた左端が佇立《ちょりつ》していた。

「女はどこだ？」

開口一番そう聞かれ、直は固まった。忘れていなかったか。

「いや、ええと、今ちょっと、入れ歯が……」

慌てて池を指さして、取り込み中だとアピールする。

「社務所で網を貸してもらえるか聞いてきます」とその場を離れようとした時、ヒョイと左端に横抱きにされた。

「う、うわっ、左端さん、何す――」

「早く拾ってこい」

「え？」

ほぼ無抵抗のまま橋の一番高いところまで運ばれ、欄干の外側でいきなり手を離された。直の手足はむなしく宙をかいた後、落下して水面を打った。

＊

濡《ぬ》れた革靴が歩くたびにグジュグジュッと間抜けな音を立てる。御池通の歩道には点々と直の靴跡が残っていた。池に落ちた直は全身濡れネズミだ。茹《ゆ》だるような猛暑日であるから濡れるのはそれほど悲惨じゃない。辛《つら》いのは全身から立ち上る蒸れた水の臭いだ。

明媚《めいび》な景色を織りなす池の水でも潜ってみると濁っているし、腐った卵のような臭みがあった。その水に顔を浸けて回収したのはおじいちゃんの入れ歯だ。まるでコント。生きていても死んでいても、直のやることは代わり映えがしない。

左端は臭いが付くのを嫌がって車に乗せてくれず、歩いてホテルまで帰ると言い出した。タクシーでもホテルのリムジンでも呼べるくせに。

「遅いぞ、死体」

五メートルほど先を歩く左端が憤然として振り向く。直のせいで「臭う女」を逃がしたとお冠だ。自分はツアー客にちやほやされて気を抜いていたくせに。大足で歩いて左端との距離を縮め、反駁《はんばく》する。

「でも、あの人は悪魔憑きじゃないんですよね？　ちょっと臭う程度の悪人臭なら、綾戸国仲神社の殺人は関係ないでしょう」

「妙な術が掛かっていた。体のどこかに印か護符があるはずだ。確認せねばならん」

「体のどこかにって、どうやって確認するんですか。——まさか女の人を」

裸にして？　というのは脳内映像の方が先に鮮明に浮かんでしまったので恥ずかしく

て口にできなくなった。けど。左端の言う通りにしていたら今頃間違いなく警察行きだ。危なかった。あの場は逃して正解だったと気を取り直す。

「ほとんどの人間が悪意とか欲望の臭気を持ってるって左端さん言ってたじゃないですか。あの人だって一緒ですよ。たまには妹さんの世話を投げだしたいとか思うでしょ、きっと。そういう弱さが悪意の臭いを発するとしても、僕は責めたくないです」

「節穴め。人間を信じすぎるなと言ったはずだ。お前自身をもっと疑え。そんな調子だからこのぬるい世界でたいした生き方も出来ぬ。生き返る価値もないぞ」

「うっ」

わかっている。わかっているからこそ刺さる。浅い人間観察で馬鹿正直に信じて、知った真実に打ちのめされる、そんなことの繰り返しだ。だからといっておいそれと変われるわけでもない。他人を疑ったり、厳しい目で見られないのは、それだけ自分に自信がないせいでもある。そういう視線がブーメランになって自分に返ってくるのが怖いのだ。

直は濡れた髪をくしゃくしゃとかき上げた。生臭い池の水が飛び散る。左端はその飛沫を避けて思い出したように言う。

「池の中に龍神の姿がなかったか？」

「ないですよ、そんなの。いたとしても、神様なんてそう簡単には会えないもんじゃないんですか？」

「地獄の王がわざわざ足を運んだのだ。挨拶に来るべきだろう」

面倒くさいと思われたのでは？　という個人的見解は無難なものに差し替える。

「まあ、広い池ですから深いところに潜っていて気づかなかったかもしれませんね」

直が落ちたところは、立ち上がってみると腰の下くらいまでしか水位はなかった。池では今でも龍の飾りが付いた船の上で茶会や月見が行われるくらいだから、奥部はもっと深いだろう。

「飛び込んだ馬鹿がいるのに龍神が気づかぬわけがない」

「あなたが落としたんでしょ。——あっ、ああっ、まさかっ、まさかそのために？　龍神に気づいてもらうために僕を？　ひどいじゃないですか」

左端の前に回り込み、鼻息荒く抗議した。左端はまったく意に介さず、直の横をすり抜けていく。この悪魔、無視か。さすがに皮肉のひとつでも言ってやりたくなる。

「単純に、避けられただけかもしれませんよ」

額のシジルを掌で押さえてそそくさと顔を背ける。左端は一瞬「ん？」と眉間に皺《しわ》を寄せた後、取り澄ました顔で直を見下ろした。

「おそらく龍神は俺に会いたくても会えない状況にあるのだ」

避けられているという可能性は考えないらしい。

「というと？」

「また閉じ込められていたりしてな」

「閉じ込められる……どこに？」

「ソロモンの壺だ」

まさか。オークションのあれは本物なのか？　胸が騒ぎだし、直は息を詰めて喉仏を大きく上下させた。その時、リンリンと注意を促すベルがけたたましく鳴り響き、向かいから猛スピードのロードバイクがやって来た。

「おわっと」

直はとっさに歩道沿いの店の軒下へ飛《と》び退《の》いた。対して左端はロードバイクを正面から要撃するがごとくまっすぐ歩き続け、最後は道を譲らせた。

ロードバイクに乗った学生風の男がすれ違いざまに舌打ちをして歩道に唾を吐いた。輝石のごとく艶を帯びた左端の瞳が、男の姿を映し込む。そして。男は数メートル行き過ぎたところで盛大な破裂音を轟かせて転んだ。突然タイヤがパンクしたらしい。左端がいわくありげな片笑みを浮かべてヒュウと口笛を吹いた。悪戯《いたずら》成功の満足顔だ。

左端のやり口は総じて大人げない。まともに喧嘩《けんか》なんか絶対にしたくない手合いだ。

やっぱソロモンの壺とか関係なくて、単に龍神に嫌われてるんじゃないのか？

その思いは拭えなかった。

＊

グラン・ディヴィーノ・リゾート京都のロビーはヨーロッパの宮殿や教会を思わせる優美な空間だ。石造りの天井と壁にフレスコ画や化粧漆喰《しっくい》の彫刻が飾られ、クリスタルの要塞のようなシャンデリアがつり下がっている。

アジア系、ヨーロッパ系、アラブ系、異国情緒豊かな客はどの人の装いも高級そうだ。

案の定この場でひとり浮いているのは庶民中の庶民の直である。おりしも池に落ちて全身ずぶ濡れの状態だ。非常階段を使ってこっそり四階へ上がろうと思ったのに、結局左端と一緒に正面玄関から出迎えられてしまった。

世界的に名の知れたホテル王——ということになっているらしい——左端真央に、客の方から次々と挨拶に訪れた。左端はそれぞれに合わせた言語で神色自若として応対していた。その堂々とした姿たるや、直まで恍惚《こうこつ》としてしまった。まごうかたなき王の風情だ。

左端がひと通り挨拶を済ませ、ようやくエレベーターホールにたどり着いた。ホッと安堵の息を吐いたのも束の間《つかま》、若い女性が左端に声をかけてきた。

一重の目が涼しげな美人だ。年齢は二十代後半から三十代前半くらいか。ヒールの高いパンプスのせいもあるが、スニーカーを履いてギリギリ百七十センチの直よりも視線が上にある。ショートヘアに整えた頭は小さく、細くすらりとした体型に白いシャツとベージュのロングパンツを合わせた姿は鶴を思わせた。

「社長にお会いできるなんて感激です。よろしければロビーギャラリーをご覧になっていってください。京都の手作り作家さんの作品を展示させていただきました」

両手の指を組み合わせて祈るような格好で左端を見つめる。おっとりした物腰だがどこか抜け目なさを感じて直は少し気後れした。彼女の名は、井上法子《いのうえほうこ》といった。アンティークジュエリーショップの経営者で京都の手作り作家たちの活動の支援もしているらしい。

左端を促して歩き始めた法子が、「秘書の方もどうぞ」と慌てて付け足した。誘い掛けてようやく彼女は直の服が濡れていることに気づいた。それまで存在にすら興味を持たれていなかった気がする。「ちょっと汚れているので」と体よく断ろうとした直の襟首を摑んだのは左端だ。そのまま連行されることになった。

エレベーターホールの奥のロビースペースはアート作品を飾るために作られた空間で、この一角だけはすっきりとした白壁になっていた。法子が手掛けた展示品は、着物をリメイクしたドレスや和柄の小物、染め物、彫金など様々だ。壁に掛かったショーケースや展示台の上で照明に照らされ余所《よそ》行きの顔をしている。

「こんな素敵な場所をお借りできるなんて光栄で、信じられませんでした。ダメで元々とお願いしたものですから。本当にありがとうございます」

「期間は二週間の予定だったか？　来月は生け花の展示になる」

左端はギャラリーの展示の日程を把握していた。そういえばロビーで会ったＶＩＰ級の宿泊客についても事前に履歴を頭に入れていたような立ち回りだった。

もしかして、ホテルの仕事もちゃんとしてるの？

内心動揺しつつ平静を装って左端を盗み見る。左端は法子の質問に答えてホテルのイベントの予定などを滑らかに語っていた。ますますやり場のない焦りが募った。社長が了知している仕事を秘書が把握できていないなんて格好がつかない。悪魔退治の手伝いどころか人間としての役割すら果たせていない気がする。

落ち着かなくて大理石のフロアをうろうろと歩く。ふと床に置いてある段ボール箱が目に留まった。法子の荷物のようだ。一番上に白い帽子が載っている。トップが凹んだ中折れのつば付き帽子だ。帯に見知った輪の飾りがあった。もしや――。

「その帽子は？」

「素敵でしょう？　希少なエクアドル産のトキヤ草を使った紳士もののパナマ帽です。ここに飾りたかったんですけど、作家さんが照明で変色するのを心配して別の作品に差し替えたいとおっしゃったんです」

ショーケースには和風生地で作られたハンチングが掛かっていた。法子はパナマ帽を箱から取り上げて直に渡してくれた。思った通り内側の汗止めに『Jun』のラベルがある。神泉苑で会った女の子がかぶっていたものと同じ作家の作品だ。

「飾りがどうも引っかかるな」

左端が直の背後から覗き込む。法子の掌がスッと帽子に差し向けられる。

「この飾りは茅《ち》の輪《わ》をイメージしているんです。帽子をかぶる人の幸せを願って」

「そうか、この輪っか、茅の輪なんだ」

「護符のようなものか？」

「ああ、左端さんは知らないですよね。除災のお守りですよ」

夏越《なごし》の節供の行事のため神社に掲げられる大きな茅《ちがや》の輪のことである。たくさんの水を吸って育つ茅は穢れを浄化する力を内包すると信じられ、人々は無病息災を願ってその輪をくぐるのだ。

「この帽子作家さんはいつも茅の輪を象《かたど》った飾りを？」

「いえ、そういうわけではありませんけれど。何か特別な思いがあったみたいで、限定品として用意したもののひとつみたいです」

「念の籠ったものはそういくつも作れんだろうな」

左端は意味深長に首肯した。

念？　まじまじと帽子を眺めまわし、汗止めの内側に収めてあった値札を見つけた。

うげっ、帽子ってこんなに高いの？

数字は七と、一、十、百、千、万……ゼロの数を数え、衝撃を受けた。直のアパート賃貸料のおよそ二か月分である。

「これは俺が買おう」

硬直する直の肩越しに左端の手が伸びた。左端は帽子を取り上げてひょいと自分の頭にのせた。着物姿がより粋に、まるでパズルのピースが合うようにしっくりと馴染んだ。左端の場合、何を身につけてもそれなりに見栄えするのだろうが。

法子がハァと息を漏らした。

「とっても素敵です。やっぱり私なんかが持っているよりお似合いになる方にかぶっていただける方が帽子も幸せですよね。左端社長にならお譲りしたいです」

「売らないつもりだったんですか？」

「価値のわからない人に渡るのは嫌だからって、うちの店に置いておくようにと作家さんに言われていたんです。うちのお客様はほとんど女性ですし、プレゼントにするにしても金額が高すぎますでしょう？　売れる見込みはなかったんです。そうだわ、彼の作品を気に入っていただけたならぜひ作品展にいらしてください。明日から八坂《やさか》神社の近くのギャラリーで、彼と彼の帽子教室の生徒さんたちの作品を展示します。よろしければご案内のチラシを」

法子が「彼」と呼ぶまでは帽子作家を女性でイメージしていた。渡されたチラシの写真入りのプロフィールによれば、帽子作家高橋潤一《たかはしじゅんいち》は直よりも七つ年上の二十九歳。色白の顔は整ってはいるが神経質そうだ。体毛は薄そうなのに顎髭《あごひげ》を生やしている。無造作な感じのくせ毛、レンガ色の襟付きのシャツに黒い細身パンツ、すべてが芸術家っぽさを主張しているように見えた。詰まるところ、直には苦手な類の男だ。

左端はチラシと法子を見比べるようにして交互に見て、藪から棒に法子に言った。

「お前はこの男に強い慕情を持っているな」

「は？　左端さんってば、また何を……」

そりゃあまあ、高橋という帽子作家にちょっと思い入れが強いのかなとは思ったけれど。恋愛的なそれと決めつけるのは……。ふいと見ると、法子は白い肌を薄紅に染めて両頬を手で押さえていた。すっかり乙女の顔だ。へ？　図星なの？

「すみません、私ったら、そんな風に見えましたか？　どうしましょう、恥ずかしい」

人間の欲を読み取る悪魔の感覚は鋭い。左端は法子と高橋潤一の写真から恋愛の陰影を感じ取ったようだ。法子という人も見た目よりずっといじらしい人なのかもしれない。

それにしても、こんなすかした男がいいのか。再びチラシの写真を見る。帽子教室の生徒たちとの集合写真に、潤一の隣にピタリと寄り添う女の人が写っていた。

おや？　この人は。何たる偶然か、さっき神泉苑で会ったワンピースのあの人だ。

「あ、あの、高橋潤一さんの左にいるこの女性は誰ですか？」

咄嗟に写真を指さして、まだ赤みが治まらない法子に訊ねる。と。瞬時に法子の顔つきが深刻なものに変化した。その変わりように直の血の気も引く。

しまった。ひょっとすると恋敵とか？

女が必要以上に男に寄り添っている構図で警戒すべきだった。左端のデリカシーのなさを非難している場合じゃない。

「ククク、浅はかな死体め」

失言に焦る直を尻目に、左端が愉快そうに笑って指を鳴らした。人差し指の先には火が灯っている。

「さ、左端さんっ、何をっ」

止める間も、手品と誤魔化す間もなかった。法子の顔が強張る。

「ど、……どこから火が？」

「どれ、恋心とは無性に言葉にしたくなるものだろう？　話せ」

左端は指先の火を法子の喉元に押し当てた。火は瞬く間に法子の皮膚に溶け込んで、肌の赤みが強くなる。法子は酒に酔っているようなうっとりとした顔で話し出した。

「私は潤一君が好きで、潤一君の帽子も大好きで……彼の作品作りを身近でサポートしていきたいんです。でも、香織《かおり》さんがいるから……」

舌足らずに甘えたように話すしぐさは今までとは明らかに違う。左端の術によるもののようだ。左端は誘導するように法子に囁く。催眠療法のような雰囲気だ。

「香織とは誰だ？」

「高橋香織さん、潤一君の妹。写真の女性です。彼女も服飾作家さんなんですけど、生活は潤一君に頼りっきりで。自立を応援したくても彼女は私を嫌って。兄妹《きょうだい》二人で暮らしているから、お兄さんを取られたくないみたいです」

「へ？　兄妹ふたり？」

直の声が裏返った。

「ええ。三年前、ちょうど潤一君が帽子作家としてアトリエを開いた頃にお母さんが家を出てしまって。今はふたりでアトリエ兼自宅に」

「た、高橋さんには、もうひとり体の弱い妹さんがいますよね」

「いえ……あ、香織さんには他に兄弟がいるといえばいます。ふたりは父親が違うんです。香織さんのお父さんは大地主の議員さんで、家庭のある人だと聞いていますから。体が弱い妹がいるかどうかはわからないですけど」

「香織は父親を恨んでいたか？」

「お母さんが失踪してから養育費を打ち切られて、短大を退学したんです。それで香織さんがお父さんの家に押しかけてちょっとした騒ぎになったと聞きました。彼女が幸せになってくれないと困るんです。潤一君優しいから妹の手を振り払えないし」

その後法子は、潤一君、潤一君と熱に浮かされたようにのろけ話を繰り返した。左端の魔術のせいで、勝手に恋心を吐露してしまうようだ。

「あの……おふたりはどこかで香織さんに？　知り合いならどうか……」

熱っぽい手で腕に触れられて、直は身を引いた。

「あ……ああ、すみません。人違いみたいです。よく似て見えたから」

「本当に、よく似ているな」

左端は嫌味っぽくうそぶいて袂にチラシをしまった。

高橋香織の父親は殺害された岡田太郎なのだろうか。だとすると――。

ざわざわと胸の内を虫が飛び交っているような感覚が生じた。

＊

「直さん、水浴びはお召し物を脱いでしていただかないと……」

プレミアムスイートに戻るや否や、美青年天使姿のラミエルに小言を頂戴した。

「み、水浴びじゃないです。左端さんに池に落とされたんですよ」

「ああ、ああ、裾上げして直さんのサイズぴったりにお直ししましたのに。生地がさらに縮んでしまいましたね」

暗に足が短いとディスられ、さっさと体を流すようにとバスルームに押し込まれた。

どこぞの国の王様が侍女を侍《はべ》らせて入るような巨大な大理石の浴槽だ。白濁した湯にバラの花びらが浮かぶ。せっかくなので軽く泳いで、湯船のど真ん中に体を伸ばして仰向けに浮いてみた。蜜のような甘い香りの湯気に包まれる。

ああ天国だ。何も考えたくない——。けど。

間違いなく高橋兄妹の周辺に悪魔がいるよな。

左端が言うには香織に悪魔が憑いているわけではなさそうだから、憑いているとすれば潤一か。綾戸国仲神社で殺された岡田太郎が香織の父親で、香織は潤一に憑いている悪魔に生贄として岡田太郎を捧げた、と考えると話はピタリと合う。あの華奢な人が殺したなんて信じられないが。

潤一が作った茅の輪が悪魔の護符だったとして……ん？　なんで茅の輪なんだ？

そもそも茅の輪は日本の各地に伝わる伝説、蘇民将来《そみんしょうらい》の話に端を発する。

神仏習合の神牛頭天王《ごずてんのう》が人の世にやってきた時のこと。蘇民と巨旦《こたん》の兄弟に一晩の宿を求めた。長旅で衣服が汚れてみすぼらしい姿になっていた牛頭天王を見て、裕福な巨旦は断り、貧しい蘇民が引き受けた。そこで牛頭天王は、蘇民将来の子孫を守っていくことを約束し、蘇民将来の家族とわかるように茅の輪を身に付けるように言った。ここから、茅を巻いて作る輪が転じて「粽《ちまき》」となり、祇園祭では笹《ささ》だけで出来た「厄除《やくよ》け粽」が配られる。これは食べる粽ではなく、家の軒下など目立つところに飾るお守りである。

問題は蘇民将来の伝説がどうして悪魔と結びつくのか、だ。

聖書にも蘇民将来に似た話はある。奴隷としてエジプトに住むイスラエル人を救うため、神はイスラエル人の家に子羊の血で印を付けさせ難を逃れさせたというものだ。だがこれは神の話であって悪魔は関係ない。

そういえば、神様と悪魔は表裏一体っていう話を聞いたことあるな。

直は浴槽に腰を下ろして座った。

神と悪魔だけでなく、確か神同士でも似通ったキャラクターを持つものや同一視されているものがある。例えば牛頭天王は日本神話の素戔嗚尊《すさのおのみこと》と同体といわれ、日本全国数多の神社で祀られている。

素戔嗚尊といえば素行の悪さで姉の天照大神《あまてらすおおみかみ》を悩ませ天岩戸《あまのいわと》に引きこもらせた話や怪物ヤマタノオロチを退治した話などが有名な豪快な神様だ。

あれ？　綾戸国仲神社は素戔嗚尊の荒魂《あらたま》で、八坂神社が和魂《にぎたま》を祀ってるんだったよな。

そういえば……。神泉苑は祇園祭の発祥の地で、前回の悪魔退治で藤美グループの藤川徹が神託を受けたと言っていた藤森神社も確か素戔嗚尊を祭神としている。徳野恵三が自殺した船岡山も素戔嗚尊の御霊《みたま》が置かれていたことがあったはずだ。

なんで素戔嗚尊なんだ？

ザブッと音を立てて立ち上がり、ジャバジャバと湯をかき分けて浴槽から出る。バラの花びらがじゃれる様に揺れた。鏡張りの脱衣所でバスタオルを体に引っ掛けて、裸のまま洗面台の上に置いてあったスマホの検索サイトを開いた。

牛頭天王と素戔嗚尊以外にも同一視されている神があった気がする。

関連しそうなワードを入力してページを開いていくと――あった。

ヒンズー教のシヴァ神と素戔嗚尊は共に破壊神と呼ばれ、元は同じ神ではないかと言われている。古代オリエントのバール神は牛頭天王と同じように牛の頭を持つ神で、やはり起源は同じ神だと考えられた。牛頭天王と素戔嗚尊が同一なら、シヴァ神もバール神も同一ということになる。そして、この四つの神はすべて稲妻を操るという共通点も見られた。

四柱とも荒々しい性質だが、中でもバール神は聖書において異教の男神《おがみ》として忌み嫌われ、最終的に悪魔と呼ばれるものになってしまったようだ。

悪魔バアル。

──これは脱獄悪魔のリストにもあった。

その名前を見つけた瞬間、直はバスタオル一枚でバスルームを飛び出していた。

左端は定位置であるダイニングテーブルの真ん中に座り、竹筒に入った水羊羹《ようかん》をつるりと皿に移しているところだった。

「左端さん、僕、わかりました、どの悪魔が京都に来てるのか」

腰に巻いたバスタオルが落ちないように左手で押さえながら、右手に持ったスマホを差し出す。肩を上下させハァハァと荒い息を吐く。

左端が直の体を打見やり、「はんっ」とくしゃみみたいな失笑を漏らした。

「なんだ、騒々しい。そして貧相な」

「そっ、それはほっといてください」

「日本は豊かな国のはずですが……。直さんよほど貧困だったのです？」

いたわしげに眉を寄せるのは左端にお茶を出すラミエルだ。

「だから、もう、僕のことはいいですから──」

服を着てくればよかったという後悔は大きい。けれど出直すのも間抜けなので、とりあえず導き出したばかりの持論を述べることにする。

「悪魔ですよ、茅の輪の護符を使っている悪魔。それは、ずばりバアルじゃないですか？　バアルが高橋潤一に憑りついて妹の香織さんを操ったんです」

　どうだ、という勢いで一息に言い放った。しかしながら。左端とラミエルはそろって微妙な漫才でも見たような面差しで、含み笑いを漏らした。

　え？　おかしい？　直はしどろもどろになって、脱衣所で調べた同一神と素戔嗚尊からたどり着いた悪魔バアル説を重ねて話した。

　左端は十文字で器用に水羊羹を切りながら頷いた。

「ふうむ。まあ、お前にしてはよく考えついたな」

「え、ええ。合ってると思いません？」

「いや、今京都に来ているのはバアルではない。アシュタロトだ」

　左端はあっさりと否定して、正答らしきものを言明した。

「は？　アシュタロト？　え？　ちょっ、どういうことですか」

「アシュタロト様は遥《はる》か昔月を司る神であらせられましたが、死と破壊を愛するあまり悪魔となられた方です。地獄戦争の際に反乱軍の指揮を執られた大侯爵のおひとりで、九層の鏡にて禁固五千年の刑を受けておられました」

「いやいやいや、ラミエルさん、今僕が知りたいのはそういうことじゃなくてっ、敵が誰なのか、左端さんたちにはとっくの昔に知ってたのかって話です。それなのに僕に教えてくれてなかったんでしょう？　ひどいじゃないですかっ」

ついついヒステリックな声が出てしまう。いや、出るだろう、そりゃあ。言えよ、そんな大事なことは、わかったその時に。

「おそらくアシュタロトが高橋潤一に憑依し、バアルを呼び出そうとしているのだ。茅の輪だったか、あの帽子の護符ではっきりした」

バーカウンターに置かれたパナマ帽を顎で指して、左端はけだるそうに言った。バアルと聞いて直は前のめりになる。

「バアル、やっぱりバアルは関係あるんですね」

「バアル様もアシュタロト様と同じく九層の鏡に囚《とら》われておられましたが、鏡の破損以来所在が不明でございます。共に脱獄計画を企てられたとみられ、地獄で調査を進めております」

「でも、まだバアルはこの世に来ていないってことですか？」

「人の世へはそう簡単に出られません。地獄のどこか、もしくは死の淵の森に留まっておられるのではないかと」

死の淵の森とは死んだ人が最初に迷い込む森だ。その森で地獄へ続く深淵の道を見つけるのだと聞いた。

「バアルは鈍くさいからな。しかし魔力は強い。アシュタロトひと柱では俺に敵《かな》わぬゆえバアルの召喚を持っているのだ」

「バアルとアシュタロトって協力関係築いてるんですか？」

「おふたりはご夫婦です。そして、またご兄妹でもあります」

「え、ちょっと待ってください。夫婦で兄妹？」

「原初の昔にはよくあることでございますよ」

言われてみれば、日本の神話でもそういう話はあったような。

「ということはアシュタロトって女性なんですね」

「両性具有といわれているが詳しくは知らん。俺は性別関係なく受け入れるが、あれは抱きたいと思ったことがない。ヒステリーでうるさい上に毒の息を吐くからな」

「……左端さんの性癖とかいいですから」

「サマエル様はお心が広い方です」

「わりと見境ないってことでしょ」とジト目で左端を見る。

「サマエル様に失礼なことをおっしゃらないでください」

眼をカッと見開いたラミエルに威嚇された。普段温和な手合いだけに怒るとギャップに気圧される。左端と違う怖さだ。だが。直だって深い憤りを感じているのだ。

「どうでもいいですけど、悪魔のこと、気づいたことがあれば僕にも教えてほしいって言ったのに。ひとりで頭悩ませて、興奮してた僕が馬鹿みたいじゃないですかっ」

最大限の怒りを表して叫んだ。弾みで腰のタオルが落ち掛け間一髪で押さえる。

「まあまあ直さん、おやついかがです？　近くの老舗和菓子店で求めた水羊羹です」

「小豆とシナモンの香りがいい。舌触りも滑らかだ」

何事もなかったかのようにラミエルが誘う。すでに一本平らげている左端は、グルメリポーターみたいなコメントを加えた。

「僕、おやつはいいです」

なんせ、怒っているので。

「ああ、直さんは生前から小食でしたんでしょうね、それでそのお体」

「だろうな。しょうがねえ、俺が食ってやろう。これは竹筒から出すのが面白い」

向かいから手を伸ばし、直の水羊羹の皿を左端が取り上げる。悪魔も天使も直の怒りなどどこ吹く風だ。ああ、腹立たしい。

「ちょっと、悪魔が憑依している人間も目星が付いてるんだから、さっさと行動しましょうよ。連れ去られたお稚児さんを助けないと」

「稚児はすぐに殺される心配はない。あれは生贄ではなく、器だ」

「器？」

「バアル様を呼び込む体のことでございます。同一神を宿したことのある体ですから、器には最も適していると考えられます」

「だとしても不安になっているに決まってます。早く助けなきゃかわいそうでしょう」

今頃どんな思いをしているだろう。小さな子供が事件に巻き込まれていると思うと胸が痛む。アシュタロトと高橋兄妹は、バアルを召喚するために準備を着々と進めているに違いない。でも——悪魔を呼ぶ準備って何をするんだろう。

「ええと、器となる人間と生贄……バアルを呼ぶのに他に必要なものってあるんですか？　悪魔召喚ってオカルトサイトでチラッと見たことがありますけど、動物の血とか珍しい草とか、材料を集めるのが大変そうだと思ったんですよね。魔法陣って言うんでしたっけ？　あれも書かなきゃいけないんでしょう？　ああいうのって——」

左端は十文字の先をチッチッチッと左右に振ってから皿に置いた。

「悪魔を呼ぶのに決まったやり方などない」

「え、そうなんですか」

「この世から天や地へ向けて呼びかける儀式はすべて、シジルと同じく人間が勝手に考えたことだ。それだけに滑稽なものも多い」

まあ確かに、神や仏にまつわる儀式や祭りも、所作のあれこれを神や仏にお伺いを立てて決めてきたようなことはないだろうけど。

「じゃあ、悪魔を呼ぶのに本当に必要なものって？」

「媚びとフィーリングとタイミングだ」

左端は言葉に合わせて親指と人差し指、そして中指を順に立てて見せた。

「な？　何です？　その、はっきりしているようでいて、ぼんやりした答えは。媚び以外は運ってことじゃないですか」

「だから人間は悪魔に媚びるのだ。その点でバアルとアシュタロトは単純で扱いやすい。バアルは生贄を好み、アシュタロトは死と流血を好む」

「生贄と流血？　それじゃ、アシュタロトとバアルの機嫌を取ろうと思えば、もっと人を殺そうとするんじゃないですか？」

「それは人間の問題だ。どれだけ人間が悪魔に貢ごうが俺の知ったことではない」

「でもでも、起きるのが予想できる殺人は止めなきゃダメでしょう」

「直さん、サマエル様は出られるタイミングを見ておられるのです」

ラミエルが直の肩を叩く。ラミエルの擁護に左端がフンフンと首肯して、「タイミングだ」と立てた中指を見せる。嫌な感じだ。

絶対意味を知っていてやってるよな……。

その時、スマホがニュース速報を知らせた。誘拐された中村理久の写真が公開されていた。よく日に焼けた活発そうな短髪の少年だった。どこかで見たような な――。

「えっ？　この顔」

「神泉苑で会ったたな」

さらりと左端がのたまう。それで直も遅ればせながら思い出した。高橋香織の妹を。

「うそ、あの子、女の子でしたよね」

「いや。粗末な仕立てだったが、女の姿をさせられていた。あれはアシュタロトの毒にやられている。四肢が痺《しび》れ、目が見えず、言葉も発することができない。自分が何者であるかもわからん状態だろう」

何ということだ。あの時引き留めておかなければいけなかったのは、女性の方ではなくあの子だったのか。

「なんで教えてくれないんですかっ。左端さんはいつ気づいたんです？」

「神泉苑で見た時から疑っていた。気味の悪いガキだったからな」

「じゃあ、僕にもそう言ってくれたらよかったでしょう」

「行方不明の稚児と同じ年ごろの子供だぞ。お前もとうに心得ているものだとばかり思っていたものでな。そうか、それほど間抜けとは。この愚鈍」

「そっ、そこまで言わなくても」

「サマエル様、直さんは死して力の出ない状態でございます。ましてや生前でもささやかな人間……何卒《なにとぞ》お手柔らかに」

天使が傷口にたっぷり塩を塗った。

地獄の底を覗く者は

高橋潤一と香織の自宅兼アトリエは神泉苑の南側にあった。

「帽子は出来上がり次第発送させていただきます」

直の頭囲を採寸したメジャーを作業台に置いて潤一が不愛想に言う。

「へ？　連絡をもらえたら取りに来ますよ、近所なので」

「いえ、こちらがバタバタしますので来ていただかなくて結構です。残りの代金は商品到着後に振り込んでください。取材の件は来月事前にご連絡を」

帽子作家高橋潤一の印象は写真と変わらない。要するに実物もすかした芸術家野郎だった。写真と違うのは、顎髭と頭髪が少し伸びていることとシャツの色がグレーに変わっていることくらいだ。客に対して愛想笑いのひとつもひねり出せないものかと思うくらい態度は素っ気ない。しかしながら悪魔を呼ぶほどの凶悪さは感じなかった。

本当にアシュタロトがこの人に憑いているのか？

部屋の四方を見回しても香炉から立ち上る香の煙が若干鼻につく程度で、不穏な気配は認められない。外観は築五十年を優に越えていそうな二階建ての一戸建てだ。アトリエとなっている一階は古い間取りの壁が取り払われ、一つの開放的な空間にリノベーションされていた。部屋の西側は壁一面が棚で、帽子の木型や道具類がぎっしりと詰まっている。東側に浴室やトイレらしき扉と階段があって、中央にはミシンが三台設置された広々とした作業台がある。

直はその作業台に潤一と向き合って座り、オープンな環境に内心困窮していた。

これじゃ家の中を探るとかできなくない？

直がここを訪れたのは、稚児の中村理久を探すためである。左端とラミエルが一緒では、アシュタロトがどんな行動を起こすかわからない。理久に危険が及ばぬよう配慮して、ひとりで来たのだ。

最初は帽子教室の取材をしたいと話を持ち掛けてインターホン越しに拒否された。要件をオーダーメイドの帽子注文に切り替えてようやく家へ上げてもらった。必要なら使えと持たされていた左端の現金を帽子制作の内金として潤一に三万円支払っている。何の成果も上げずには帰れない。

「教室がお休み中とは知らず、突然伺って申し訳ありません。僕の知人が井上法子さんから高橋さんのパナマ帽を買ったんです。それでぜひ取材させていただきたく――」

「あっ、あの人からあの帽子を？　買ったのか？」

よほど驚いたのか、直がまだ言い終わらぬうちから潤一は腰を浮かしていた。瞳は忙《せわ》しなく揺れて、色白の肌が青く透けるように色を失っていった。

あの帽子には想像以上に強い法子への気持ちが込められているのかもしれない。ならば普通にプレゼントすればよかったものを。なぜ潤一は、女性客ばかりの店に紳士ものの帽子を、けして売れそうにない金額設定にするという遠回しな方法で法子に渡したのか。そもそも潤一に悪魔が憑依しているのなら法子に危険が及ぶことはないだろう。首を傾げつつ、想《おも》いの詰まった品が左端に渡ってしまったことに同情を覚える。

「あの、僕の帽子にも茅の輪の飾りを付けてもらえますか？」

「……できません。あれは限定品です。素材も飾りも秋冬用の別のものになります」

「あ、ああそうなんですね。じゃあ、楽しみにしておきます。今度取材に伺う時にかぶってきますね。その時はよかったらアトリエの撮影もさせてください。すごく、かっこいいので……。二階は居住スペースですよね？　庭はあるんですか？」

取材を断られているのに、へらへらと調子よく話を始めてみる。どうやら左端の強引さがうつったようだ。潤一が露骨にため息を吐《つ》いた。

「金がなくて自分でリフォームしたので凝ったことはしていません。庭にはそのとき出た廃材やゴミが置きっぱなしになっています。帽子に日が当たらない方がいいから雨戸を閉め切っていますし、アトリエだけの撮影ならお断りです」

なるほど、部屋の突き当りの窓らしき場所には木目調ブラインドが閉まっている。部屋を照らしているのは蛍光灯の灯りだ。ブラインドの前にトルソがいくつか並んでいて、そのうちのひとつにはウエディングドレスのような白い衣装が飾られていた。あれは香織の作品だろうか。

「同居されてる妹さんも服飾作家さんだそうですね。今日はご不在ですか？」

「そんなことまで法子……さんが、話したんですか？」

潤一は落ち着きなく顎髭を擦った。

その時、作業台の上の潤一のスマホが軽快な電子音を鳴らした。画面に070で始まる電話番号が表示される。末尾が0666とわかりやすいナンバーだ。潤一は出ようか出まいか迷うような素振りを見せた後、通話ボタンを押して立ち上がった。

「あの、さっきも言いましたけど返す気はないんで。もう電話しないでもらえます？」

苛立った口調で言い置いて、相手の返答も聞かずに通話を終了した。

返す？　借金か？

直後、今度は玄関チャイムが鳴った。潤一は舌打ちしてインターホンに向かう。

「せんせー、こんにちはー」

スピーカーから響いたのは複数の女性の声だ。それぞれ派手な帽子をかぶったおばさんたちがモニターに映っている。帽子教室の生徒に違いない。

「あの、今月の教室は休みだとお伝えしたと思いますけど――」

潤一の声は姦《かしま》しいおばさんたちの声にかき消されてしまう。

「……わかりました。今外へ出ますのでお待ちいただけますか」

背中は怒りのオーラが滲んでいるのに、潤一の声色は落ち着いていた。いや、奥歯を嚙みながら怒鳴るのを我慢した口調というか。インターホンの通話を切って、「ちょっと失礼」と玄関の外へ出て行った。

――チャンスだ。

直は玄関先の話声に気を配りながら忍び足で移動し、洗面所の扉を開けて中を覗く。古いタイル張りの小さな浴室だ。子供を隠している様子はない。続いてトイレ。ここも人を囲える広さはない。

二階を探る時間あるだろうか。

暗い階段の上方を仰ぎ見る。静かで人がいる気配はない。だがひょっとすると、アシュタロトの毒に侵されて身動きが取れない理久がいるかもしれない。そう考えると迷っている暇はなかった。息を詰めて急で狭いまっすぐな階段を上がった。キイキイと古い木が撓る度肌を粟立《あわだ》たせた。

二階は和室二間の古い作りのままだ。奥の部屋はカーテンやシーツがモノトーンで統一され、すっきりと整頓されていた。手前の部屋はポップな花柄のファブリックでまとめてあって、ローチェストや座卓の上に小物がこまごまと飾ってある。奥が兄、手前が妹の部屋だろうか。各部屋にひとつずつある押し入れをそれぞれ開けてみたが、どちらも物が詰まっていて子供を隠すスペースはなかった。

どうやらこの家に理久はいない。まだ香織が連れて歩いているのか？

花柄の部屋の押し入れの襖を閉めた拍子に、座卓の上から赤いペンが転がり落ちた。小さなことに肝が冷える。細く息を吐きつつ卓上を見ると、所々赤いペンで印がつけられた京都市の地図が開いてあった。神泉苑が赤丸で囲まれていてそこから放射状に線が引かれている。何の印だ？　しかし謎解きしている場合ではない。直はそれらをスマホで撮影し、階段を下りた。

玄関ドアの開閉音と直が作業台の椅子に戻ったのはほぼ同時だった。

潤一のアトリエを出ると、直は急いで帽子教室の生徒たちを探した。特徴的な帽子をかぶった一行は商店街の人波の中でもすぐに見つかった。

三条商店街は堀川三条から千本三条《せんぼんさんじょう》まで東西八百メートルに及ぶ京都の老舗商店街だ。観光よりも地元民の生活の場という雰囲気で、部屋着に近いいで立ちの人ものんびり立ち話していたりする。直はアーケードを堀川通に向かって帽子教室の女性たちと一緒に歩き、潤一の情報を訊《き》き出した。

潤一が帽子教室をしばらく休むと生徒たちに連絡してきたのは昨日のことだったらし

い。あまりに急だったので心配になり、連れ立って様子を見に来たという。

潤一はアパレル会社から独立して三年。数件の得意先に商品を卸しているが、材料も高騰していて経営は厳しい状況だと思われる。自分の作品作りの傍ら週に二日帽子教室を開催しているそうだ。

結局潤一は生徒たちに休業の理由を話さなかったらしい。

「多分、妹さんが何か我儘《わがまま》言ったのよ。先生は妹に頭が上がらないところがあるの」

高橋兄妹について語った後も女性たちは直を離してくれなかった。熱烈に教室への入会を勧められて辟易《へきえき》していたその時、前方からやって来た男が直の前を歩いていた女性のバッグから長財布を抜き取るのを見た。スリだ。脇道に逃げる男を追いかけて走った。

取柄の少ない直だが、足には少し自信がある。あと一歩で男の柄シャツに手が届く、というところで側溝の蓋につま先をひっかけて転んだ。その拍子に理髪店の前の自転車がドミノ倒しに倒れ、スリは民家の塀を飛び越えて姿を消した。

ああ、何だっていつもこういうことに？

直はしばらくコンクリートに倒れたまま起き上がれなかった。

＊

『壺の出品者と会う。お前も来い』

　倒れた自転車を起こしている最中に左端から電話で呼び出しを受けた。

　やってきたのは河原町。京都の商業の中心街だ。河原町から四条通《しじょうどおり》を真っすぐ東に行った突き当りが八坂神社で、その周辺が京都を訪れるほとんどの人が足を運ぶ祇園である。

「ここで待ち合わせって左端さんが指定したんですか？」

　直はグリーンティーのストローを咥えて店内に視線を巡らす。観光客でごった返す四条通の甘味処《かんみどころ》だ。入れ替わり立ち代わり女性客が出入りして落ち着かない。

「ああ。わかりやすくていいだろう」

　左端は頭にパナマ帽を載せたまま、抹茶パフェを口に運んでいる。

　わかりやすいというか目立ちすぎだ。店選びの理由はただ抹茶パフェが食べたかっただけだと思う。竹筒の水羊羹を三本も食べたのに、どれだけ甘いものを食べるんだ。直の方が胸焼けしそうだ。

「オー、ビューティフルキモノ」

　Tシャツに短パン姿の白人女性たちが度々左端に声をかける。彼女たちは、左端と一緒に写真を撮ってくれと直にカメラを渡してきた。その度直は苛立ちを押し殺して左端の不敵な笑みにレンズに向けた。早く高橋潤一の周辺を探りたいのに、なぜこんなに悠長に構えているのだろう。

話しかける人足が途絶えたのを見計らい、白玉団子を頬張る左端にスマホの画像を見せた。

「高橋兄妹の自宅にあった地図です」

「なんだ、このボケた写真。見辛《みづら》い」

「慌てて撮ったから仕方ないんです、我慢してください。一番大きい印が付いてるのが神泉苑で、ここから素戔嗚尊を祀る神社が直線で結ばれています。神泉苑に六十六本の剣鉾を集めたっていう祇園祭の始まりをイメージしてるんじゃないかと思うんです。この地図からアシュタロトの次の動きが予測できそうでしょう？」

そうは言っても対象の神社は二十社ほどある。別の神を崇める神社にも素戔嗚尊の摂末社があるから、実際バアルの力となりえる場所は京都の中にもっとあるだろう。左端はそのことを知ってか知らずか、まるで食指を動かさない。

「慌てずともそのうち向こうから騒ぎ出す。小者ほどよく鳴くからな」

「小者？　記事を書く時によく利用してたオカルトサイトで調べたんですけど、バアルって王様っていう意味じゃないですか。名前からして強そうですよね」

言った途端温度が二、三度下がった感覚がある。左端が左右の眉の高さを極端に違えて直を睥睨した。そして大きな手で顔面を掴まれる。

「いててて。何するんですか」

「名前を聞くだけでうんざりさせられるというのに、あいつが強そうだと？　そんなくだらんことを俺に言うな」

　言いながら投げ捨てるように手を離された。

「お待たせしましたー。左端さんと秘書さんっすよね？　前田《まえだ》っす。楽しそうっすね。何じゃれてるんです？」

　頭頂部の髪だけを伸ばしてひとつにくくり、残りの髪を刈り上げたヘアスタイルの若い男が直と左端のテーブルの横に立った。

　あれ？　この柄シャツどこかで見たような……。左端の向かいの席を前田に譲ろうと席を立った瞬間、直は思い出した。三条商店街のスリだ。前田は「はじめまして」と何食わぬ顔をして直が譲った席に座った。白を切るつもりらしい。左端は直と前田の間の微妙な空気など読み取るわけもなく、パフェの底の抹茶アイスをほじっている。地獄の王のくせに目の前の悪人に無反応なのか。

　ひと言言ってやる、と直が拳を載せたテーブルに、透明な袋に入った緑の石が置かれた。数字の9にも6にも見えるお馴染みの形の石だ。

「どうぞ。それは今回落札いただいた古代の勾玉です。限定一個のレア商品でした」

　前田が胡散臭《うさんくさ》い深夜通販番組みたいな口上を述べた。その顔を尖《とが》った視線でねめつける。

「盗品じゃないでしょうね？」

「いやだなぁ。ちゃんとした知り合いから手に入れましたよ。親父《おやじ》の友達の、弟の、嫁の実家近くの神社の人から譲られたって。だからめちゃくちゃご利益あると思いますよ。よく知りませんけど。ははは」

「神社からもらい受けた宝物《ほうもつ》だというのだな」

左端は店の灯りに勾玉を透かすようにして眺めていた。なおもって前田は調子よく、

「そうっす、そうっす。神社といえば三種の神器、そのひとつが勾玉でしょ。天照大御神でしたっけ？ あの神さんが持ってたやつです」

「天照大御神とは？」

左端が直のグリーンティーを横取りしながら聞いてくる。

「素戔嗚尊のお姉さんです」

「また素戔嗚尊か。鬱陶しい」

「天照は日本神話の最高神ですよ。荒くれ者の素戔嗚尊にも一目置かれた存在です」

「ほう。ならばこの勾玉は力になるかもしれんな」

納得顔の左端に前田が同調する。

「そりゃご利益ありますって。これの代金は今いただけます？」

受け取った札をにやけた顔でパンツのポケットに押し込む前田を、左端は腕組みをして見据えた。

「例の壺は神泉苑で拾ったと言ったな？」

前田の話では、ソロモンの壺を見つけたのは二日前の朝だ。神泉苑の前を通りかかった時に黒い物が池に落ちたのが見えて、覗いたら壺があったという。池の水が一瞬波立つような衝撃だったが、前田の他にそれに気づいた者はなかったようだ。魔導書に載っていたソロモンが悪魔を閉じ込めた壺のイラストに似ていると、オカルト好きな友人が言ったため、その名前で出品したらしい。

「すぐに落札されてびっくりっていうか……あれってそんな価値がある物なんすか？」

「どうだろうな。まだはっきりせん」

「ふうん。よくわかんないけど、俺、絶対取り返してくるんで、ちょっと待っててもらえます？　そしたら百万くれるって約束でしょ？」

「待つのは性分じゃないが」

「だっ、ダメですよ、ダメダメ。個人情報を漏らすのはマナー違反っしょ。それに、俺が十万で売った物を百万で取引されるのを見過ごせませんって。絶対今日明日中には取り返してくるんで、出来たら資金として先に半分もらえたらうれしいんすけど」

甚だ図々《ずうずう》しい奴だ。スリがマナーなんて言えた義理か。こんな卑しい申し出は突っぱねるかと思いきや、左端は帯封の付いた札束を見せてその半分を前田に渡した。およそ五十万だ。前田が舌を出して下品に顔をほころばせる。

「いい顔だな。その顔の筋肉の動きを自分でよく覚えておけ。死ぬその瞬間にそれを思い出せば、少しはまともな死顔になるぞ。お前はもう死の淵の森にいる」

左端は遠くを見つめるように目を細めた。

「気持ち悪いこと言わないでくださいよぉ。それじゃ、壺の件、話がついたら連絡しますんで、その時また残りをお願いしますね」

前田は札束を握っていそいそと席を立った。直は思わず左端の着物の袂を握る。

「左端さん、お金なんか先に渡したらあの人あれ持って逃げちゃいますよ」

「いや、あいつはもう逃げられん。金を使うまでに死がやってくる。寿命だ」

「え……」

「せっかくここまで来た。八坂神社に行くとするか。京都に来た者のほとんどが訪れる神社だとガイドブックに書いてあった。お前、案内が悪いぞ」

＊

直も八坂神社は気になっていた。高橋兄妹の地図にも当然チェックされていたたし、何を置いても素戔嗚尊と言えば八坂神社だ。

　四条通に面した西楼門《にしろうもん》で左端と直はラミエルと合流した。朱色が鮮やかな二階建ての門だ。神を守る阿形《あぎょう》の老相、吽形《うんぎょう》の青年相の随身像《ずいしんぞう》が安置されている。八坂神社といえば大概の人は正門である南門よりもこちらの西楼門を思い浮かべるだろう。四条通から真っすぐに観光客が流れてくる。平日であっても人は多い。

　ここでも左端が磁力のように人の視線を惹きつけていた。なるべく左端の外側に立つよう心掛けているが、直の体では左端の目隠しにはならなかった。左端はといえば、自分で来たいと言っておきながら、バアルと同一神の本拠地と思うと素直に称賛できないらしい。ぶつぶつと屁理屈《へりくつ》をこねている。

「出自が同じでも神と悪魔は全く別のものだ。この社も当然バアルのものではない」

　直は狛犬《こまいぬ》の足元で羽繕いするラミエルにこそこそと話しかける。

「……左端さんって、バアルと相当仲が悪いんですか？」

「ふふふ、サマエル様が最も優れた方なのは間違いないのですが、王位を守るのは簡単なことではございません。バアル様は何度となく反乱を起こされて――」

「嫁に尻を叩かれて俺に対抗してくるのだ。軽々しく人間に使役される小者のくせに。だいたいバアルは王の風格がない。あれの正式な姿は、冴えん中年男の顔の左右にカエルと猫の顔を貼り付けた蜘蛛《くも》だぞ。俺のように美しい悪魔が憎いんだ」

憎いのは美しさだけじゃないよな、きっと。

それにしても。

「左端さん敵が多そうですもんね」

うっかり本音を漏らすと、首にぶら下がる勾玉を摑まれて引き寄せられた。勾玉の穴には、四条通の和小物の店で買った和柄の紐が通してある。

「わわわ、ちょっと、散歩紐じゃないんですから引っ張らないでください」

「おや、直さん、それが例のオークションの勾玉ですか。素敵ですね」

「けっこう重いんですよ。なのに左端さんが首にぶら下げておけって」

「お前みたいな運のない奴も神の石の力を借りれば少しはましかもしれんぞ」

「僕、昔母親にいろいろ持たされてたんです、お札とかお守りとか。風水や陰陽道《おんみようどう》の類もやってみたりしましたし。けど、どれもそんなに効果あるように思いませんでしたよ。それに、天照大神の勾玉なんて、これは絶対偽物でしょ」

「何をもって本物と信じるのかということだ。一応天然の石だぞ。どれ、俺が術をかけてやろう」

左端はさらに直を近寄せて呪文のような言葉を繰り返した。

「パルキブス・パラテロス、パルキブス・パラテロス」

「……なんですか、それ」

「極限に陥った時に念ずれば額の第三の目が開き、お前を闇から救う」

額の第三の目とは暁の印のことだろうか。信じていいのかわからない。猜疑《さいぎ》の目で首をひねる直の代わりにラミエルが平伏《ひれふ》している。

「サマエル様なんというお心尽くし」

「ほ、本当にピンチを救ってくれるんでしょうね？」

「俺の気分次第でな」

気分って。表情からは何も読み取れない澄ました横っ面をちらりと瞥見《べっけん》する。悪魔に期待してはいけない。けど。念のため呪文の文言をボールペンで手のひらに記した。

「さあ、行くか」

左端が西楼門から中へ足を進める。ラミエルは頭上の高いところに飛んで行った。境内にはカラフルな屋台の屋根が見え、先月までの祭りの余韻を引いているようだ。

最初の社は奇《く》しくも茅の輪の伝説の蘇民将来を祀る疫人社だった。小さな石の鳥居の前に足を止める。

「高橋兄妹の地図にも八坂神社には大きめの印が付いてましたけど、左端さんは今この場所で何か感じないんですか？」

「特に快感はないな。帰りに祇園で遊ぶとしよう」

「そういう意味じゃありませんってば。悪魔的な、何かですよ」

「ああ、残り香はあるぞ。アシュタロトもここへ来たが今はもうおらぬ」

「……やっぱり高橋潤一を見張っておくべきじゃないですか？　あの人にアシュタロトが憑いてるって予想はできてるんだから」

「今は違う。十中八九、妹の方に憑いている」

「え？　香織さんに？　なんで？」

「妹の方が使えると判断したんだろう。まだ兄の方に憑いているなら、お前が自宅に訪ねていった時点で俺の契約者だと気づくはずだ。無事に戻ってこられるわけがない」

ああそうか、と納得しかけて、ん？　と立ち止まる。

「ちょっ、何ですって？　さらっと恐ろしいことを言わないでくださいよっ」

危険な目に遭う可能性があったなら事前に教えておいてくれ。実験台のモルモットじゃないんだぞ。とりあえず投げ込むようなことばっかりしやがって。

わなわなと体を震わす直を捨て置いて、左端はさっさと本殿に向かう順路の流れにのっていってしまう。走って追いかけるのも悔しい。競歩よろしく肩を怒らせて背中を睨みつける。

「じゃあっ、今から高橋香織さんを探しましょうよ。憑かれた人間を押さえておけば悪魔による殺人は止められるでしょう？　なんでそうしないんです？」

と。左端はピタリと立ち止まり、直は振り返った左端の胸で思い切り鼻を打った。

「いたっ」

「何度言わせる？　俺は人間の殺人防止のためにいるわけじゃない。地獄の王の仕事は、あるべきものをあるべき世界に置くことだ」

「でも、今はただ観光してるだけじゃないですか」

「何が悪い。観光が気に入らんのなら視察と呼べ」

「呼び方の問題じゃなくて」

その時、本殿へ向かう列の前方がやにわにさざめき、人の流れが停滞した。生暖かく不穏な風がざわざわと木立を揺らす。ラミエルが近くの木の枝に舞い降りた。

「サマエル様、すでに第二の生贄が出ておりました」


井上法子の遺体は八坂神社東側の円山《まるやま》公園にあった。

左端と直が現場に駆け付けたときにはまだ警察や救急は到着しておらず、通りすがりの人々は法子が横たわる石造りのベンチを遠巻きにうかがっていた。朝と同じ服装だったので、直には遠目でもそれが彼女だとわかった。生白い面部はもはやこの世の住人のものではなく、口と鼻から流れ落ちた血がベンチの下の砂利や草を赤く染めていた。直はガクガクと震える膝を折ってベンチの手前でへたりこんだ。

直にとって、それはただの死体ではなかった。ひと時の縁でも直は生きていた彼女を知っている。知り合いの遺体だ。数時間前の活力にあふれた姿が、強気のようでいて意外に乙女な素顔が、はっきりと脳裏に浮かぶ。喉の奥から無意識にうめき声が上がって、呼吸が苦しくなる。

第一発見者は公園清掃員だった。法子がいつからその場にいたのかはっきりしないものの、上半身を折るようにして座った姿勢のまま一向に動く気配が無いのを不審に思い呼びかけてみたのだという。応答しない法子の肩に清掃員の手が軽く触れた瞬間、体が傾いてベンチから崩れ落ちたらしい。

法子の手から見覚えのある印刷物が落ちて散っていた。『Jun』の個展の案内チラシだ。地図が示すギャラリーの場所はここからかなり近い。ギャラリーへ立ち寄ったのか、あるいはこれから行くつもりだったのか。

左端が指先の動きが悪くなりつつある法子の手を開かせた。そこに赤いペンで記されたℵの文字があった。生贄の証だ。心臓発作でも起こしたのだろうという周囲の見解が間違っていることは言うまでもない。彼女は悪魔儀式の捧げものとして殺された。

「毒針だな」

法子の手首にある虫刺され痕のような朱の斑点を示し、左端が無遠慮に言う。その発言は幸い直以外の人間の耳には拾われなかったようだ。直も聞こえていない態で黙っていた。殺害方法などどうでもいいことのように思えた。知ったところで法子を救ってあげられないのだから。

虚脱状態に陥った直は、左端に引き上げられた。そのまま引きずるようにして連れられて、人混みから退散した。

護符の付いた帽子を左端が買わなければ、彼女は守られていただろうか。

ああ。どうせあの時すでに左端は知っていたのだ、法子の寿命を。

いつだって悪魔は肝心なことは言ってくれない。

「どうして香織さんは法子さんを生贄にしたんだろ……あんなにお兄さんを想ってくれていた人なのに」

誰に問うともなく零れた直の独り言を沈黙が包む。妙な間を空けて、

「お前は真《まこと》におめでたい死体だ」

心底呆れた左端のひと言が落とされた。

「え……」

「嫉妬とは多くの人間の悪の種でございます」

ラミエルが嫌だ嫌だと言う代わりに羽を震わせる。

兄弟を愛した人に、殺意を抱くほどの嫉妬など感じるのだろうか？　どんなに大切に思ってもいずれ離れるのが兄弟だ。兄の幸せを願ってやるのが妹の立場じゃないのか。

妹は妻とは違う。――ああ、神や悪魔の世の中では違わないのか。

『おふたりはご夫婦です。そして、またご兄妹でもあります』

突如言葉が蘇《よみがえ》った。アシュタロトとバアルの関係を教えてくれたラミエルの声だ。雷が落ちたように直の鈍い頭に閃きが起きた。

香織は本気で兄に恋をしていたのか。

＊

アトリエに到着したのは日没間際だ。高橋兄妹は不在だった。左端は玄関ドアの鍵を壊して侵入し、草履のまま框《かまち》へ上がった。室内にはきついお香の残り香が相も変わらず漂っていた。ただでさえ採光の悪い家は、薄墨色に覆われて物の輪郭もおぼろだ。夜目が利く左端は迷いなく部屋の奥へ進んだ。窓の前に立ちはだかるように置かれたトルソを片手で払いのけ、ブラインドをレールごと外して滑りの悪い窓を開けた。

そこには猫の額ほどの庭という表現がピタリとくるスペースがあった。両側の家との境にはトタンの仕切りがあり、正面は工場らしき建物の壁がそびえる。閉塞的な空間に簡易トイレみたいな物置が強引に置かれ、周りに朽ちた畳やベニヤの束などの廃材が転がっていた。工場から漏れる機械的な臭いと下水の臭いが混ざったような外気が部屋に流れ込む。潤一が執拗《しつよう》にお香を焚《た》き込めるのはこのせいだろうか。

「サマエル様、直さん、こちらをご覧ください」

空から庭へ降りていたラミエルが、両の翼を使って物置の戸を開けた。すると、尚以て熾烈な臭いが放たれた。

「うっ、臭っ」

鼻腔《びこう》の神経を直接蹴られるような刺激に耐えられず声が出た。間違いなく何がしかの有機体が醸し出す悪臭だ。と、思うと同時に目に飛び込んできたのは白髪交じりの髪に包まれた頭蓋骨だった。

「ひゃっ、っひゃあああああっ」

後ろにのけ反って左端に追突する。つむじに拳骨《げんこつ》が落ちてきて目から火が出た。

「いい加減死体に驚くのはやめろ。お前も同じだ」

「そ、そ、そんなこと言ったって」

この死体とはとてもお友達になれそうになれない。俯き加減のドクロは、体液と思しき赤黒いシミがこびり付いた衣服の塊の上に載っている。衣服のデザインと大きさからして中年女性だろう。長袖の袖口から露出している指の骨の間から黒い虫が這いだした。

直はくるりと体の向きを変え、作業台の天板に突っ伏した。胃の奥から上ってくるむかつきを必死で逃す。「全くお前は進歩がない」と左端が直の隣に腰かけた。

「あれの臭気がアシュタロトを呼んだのだ」

「誰ですか、あの人」

振り向かず指だけで庭を指し示すと、飛んできたラミエルがその指にとまった。

「確かな情報は地獄へ問い合わせ中でございますが、おそらく高橋兄妹のお母様でございましょう。頭蓋骨に陥没が見られますので、何か固い物で殴られたようですね」

「母親は行方不明だって話でしたよね……。アシュタロトが最初に憑依したのが高橋潤一ということは、……彼が母親殺害の犯人ということですか」

「そのようですね」とラミエルは小さな首を縦に振って作業台へ降りた。

潤一はアトリエを作るため三年前に自分でリフォームしたと言っていた。その時出た廃材が置きっぱなしで、景観が悪いから窓を閉め切っていると。窓を開けられなかった本当の理由は母親の死体か。まさか本当に殺人犯だったなんて。こうして死体を見せられるまで悪魔を呼び寄せるほどの悪人とは信じられなかった。その兄よりも悪魔に気に入られた妹の香織とは、どれほど根深い遺恨を抱えているのだろう。直は自分の洞察力のなさを改めて思い知り、今はそんな暇はないと知りつつ、気落ちした。

その時、追い立てるように大音量の『天国と地獄』が響いた。

うわわわわわわ、またこの曲。

頭は焦っているのに体が追い付かない。もぞもぞとスラックスのポケットに手を入れる直を尻目に、左端が袂から自分のスマホを取り出した。音の元は左端のスマホだった。

ややこしい。直のスマホに設定したものとは別の音にすればいいのに。

直は額に縦筋を刻み、左端のスマホ画面を横から見やる。

左端に電話をしてくる相手なんて限られている。ネットオークションで繋がった前田だ。電話番号は数字の末尾が０６６６。

「え？　この番号って……」

覚えやすい数字の並びで書き留めなくても記憶できていた。昼間にここを訪れたときに潤一のスマホに掛かってきた電話の番号だ。ということは、高橋潤一に繰り返し電話して嫌悪されていた相手は前田だった。したがって。

「――壺の落札者は高橋潤一、です」

「ふん、思った通りだな」

左端はハンズフリーモードで電話をつないだ。スピーカーからやたらにハイテンションな声が飛び出す。

『左端さーん、どうもー前田っすー。さっき突然壺の落札者に呼び出されたんです。今まで無視だったのに、急に話したいとか言うんすよ。それで、吹っ掛けられても嫌だし、左端さんも一緒に来てもらえません？』

「お前、今どこにいる？」

応答する左端の冷静な顔を見ながらスマホの向こうへ耳を凝らす。前田は静かなところにいるようだ。雑音はほとんど聞こえない。砂利を踏むような音をごくわずかにマイクが拾う。

『俺はもう現地っす。花園今宮《はなぞのいまみや》神社っていう神社。ね？　指定してくる場所もなんかヤバいっしょ？　ＪＲ花園駅北側の神社で、周りにぜんぜん人が歩いてないんですよ。すげえ暗い。怖いから来てくださいよぉ。いてっ、なっ、いきなり何すんだっ、お前っ、なんだよ。やめろ、やめっ、離せっ、ぎゃっ、ぎゃああああああああああああ』

一方的に通話が終了してプープーとビジートーンに切り替わった。

「えっ？　どうしたんです？　前田さん？　前田さんっ？」

「死んだな」

にべもない左端のひと言が投じられた。身を引き裂かれるような絶叫が耳の奥でこだまして、歯の根が合わなくなるほど恐ろしくなった。

「……そんな。まだ、……わかりませんよ」

「花園今宮神社も当然ながらご祭神は素戔嗚尊様でございましょう」

「まあ、そうだよな」

「いかがいたしましょうか、サマエル様」

「儀式の最終地点は神泉苑で間違いないだろうが、いつになるかってことだな」

「あ、あの、左端さん、今後のことより、い、今は？　今はまず、花園今宮神社、行きましょうよ。ま、前田さんは？　放っておくんですか……」

「あれはもう死んでいる。そういう運命だ。数時間延命してやっても意味がない」

「でも、でもそんな簡単に見殺しにするなんて」

「スリに恐喝、詐欺、セコイ犯罪を重ねた男だ。お前だってあの男がくだらない人間だと気づいていたんじゃないのか？」

　気づくも何も実際前田がスリを働くのを目の当たりにした。でも。

「それなら悪魔の騒動に巻き込まれて死んでもいいと？」

　悪人だとしても極刑に値するほどの罪ではないはずだ。直はたまらず走り出し、玄関のドアを開けて外へ出た。

　左端がいなくても直にできることが何かないか。前田が悪魔に襲われた後だったとしても、もしかしたら救急車を呼んでやれるかもしれない。

　直は路地を駆け抜け神泉苑通りを北に向かい、御池通で信号待ちしている車の中に客を乗せていないタクシーを見つけ乗せてもらった。

＊

　すっかり日が落ちた。蒸し暑く星のない夜だ。細い眉月だけが爪痕を残すように仄かに白く浮かんでいる。

直はJR花園駅前でタクシーを降りた。妙心寺という日本最大級の禅寺が駅北側にあるせいか、駅前でも街明かりは控えめで幽寂である。

花園今宮神社は駅と妙心寺の間の住宅街にあった。街灯の薄明かりが照らす石碑で神社の名前を確認して鳥居の内をうかがう。しんと静まり返った敷地に歩を進めると、まるで直の心臓の音を代弁しているかのごとく砂利が鳴った。

いっそうめき声でも聞こえてくれた方が救われる。放っておくことへの罪悪感だけで動いてしまったが、死んだ前田を発見しても直に出来ることは何もない。ではなぜきたのか。白状してしまえば、自分が動けば左端も来てくれるのではないかと淡い期待を持っていた。神頼みならぬ悪魔頼みだ。

敷地真ん中に舞殿らしき建物のシルエットが浮かび、その建物の向こうにはもう東側の出入り口の鳥居の影が見えている。明るければ入り口からすべてが見渡せるくらいのこぢんまりとした神社のようだ。舞殿の北側、背後に木々が迫る建物が本殿と拝殿だろう。暗くて本殿の全体像がつかめない。舞殿の右側は宮司さんのお宅だろうか、二階建ての民家のいくつかの部屋に明かりがついていた。前田がここで悲鳴を上げていたならすぐに誰かが出てきてくれそうなものだが。

白壁の蔵のような建物の後ろ側は木の影で一層暗い。スマホのライトを灯して後ろへまわり込むと、焼却炉らしきものがあった。立ち止まってさらにスマホの光だけを巡らす。弱い明かりが見覚えのある柄シャツの幾何学模様を浮かび上がらせた。

前田だ。

直は「はあっ」と大きく息を吐いて呼吸を整える。どうかまだ死体じゃありませんように。望み薄の願望を心で叫び、柄シャツの背中に歩み寄った。ℵの文字が首に刻まれていた。悲鳴を上げそうになる口を一文字に結ぶ。息がありそうならば救急車を呼ぶという第一プランは脈を診るまでもなく崩れ去った。前田は血の臭いがする黒い水たまりの中で、土下座するような体勢でうずくまっている。頭部を土に埋められて。死に際に表情のことなど考えられなかっただろう。

「ま……えだ、さん」

小刻みな呼吸が止められなくなる。腰が竦んで足が動かない。

「ねえ、ひとりで来たの？」

前触れなく闇の中で話しかけられてスマホを落としそうになった。聞き覚えがある若い女性の声だ。蔵の白壁に同化するように潜んでいた白い影が動き出す。

「その男に壺が欲しいって言ったのはあなた？」

懐中電灯で照らされる。女の白い顔も下からの光で幽霊みたいに浮き上がった。

ああやっぱり。直はのろのろとスマホをポケットにしまい懐中電灯の光に向き合う。

「た、たか、高橋香織さん、ですね」

「あら、あなた、今朝神泉苑で会ったわね。私の名前憶《おぼ》えてくれたんだ。私のこと、他に何か調べた？」

「あ、あ、あの子はどこに、いるんですか？　妹じゃなくて、甥御《おいご》さんの中村理久君」

「そっか、あの子私の甥に当たるのね。血のつながりなんて全く感じないけど。たぶん生きてる。あなたたちが嗅ぎまわるだろうから車に乗せてあるの」

「この暑さの中で車に乗せたまま？　危険じゃないですかっ」

「一度神を宿した器は簡単に死なないんですって。でも、あなたたちにも責任はあるのよ。バアル様召喚の下見に行ったらあなたたちに邪魔されたから。私たちがバアル様を召喚させようとしてるのは知ってるでしょ？　あの時はあなたが逃がしてくれて助かったけど」

そうだ。左端が言うように、香織を捕まえていれば法子も前田も殺されずにすんだ。

思わず香織の腕を摑もうとして、木影から飛び出してきた別の影に後ろから抱え込まれた。両腕をきつく拘束され身動きが取れない。

「くっ」

背中に伝わる鼓動は速く、触れ合う皮膚も汗ばんでいる。相手も緊張しているのだろう。記憶に新しいお香の香りが鼻をかすめた。

「……高橋、潤一さん？」

「え？」と潤一は直の顔を覗き込み、ギリッと奥歯を嚙み合わせた。

「あんた、今日帽子のオーダーに来た……。へえ、あんた死体だったのか。なんだ。気づいてたらアトリエでソロモンの壺に閉じ込めてやれたのに」

　敵が直と知れば怖くないと安心したのか、潤一はあからさまに強気になった。まあ、直ほどちょろそうなターゲットもないかもしれない。言わせてもらえば、すかした芸術家野郎である潤一もけして強そうには見えない。けれど。アトリエの倉庫の死体を思い返すと緊張した。この男には人を殺す狂気が内在するのだ。そして香織は、それ以上に悪魔に見込まれる素質がある人物だ。

「もうアシュタロト様の邪魔はさせないわ」

「いっ、今は、あなたに、あ、アシュタロトが憑依してるんですよね？」

「ええ。お兄ちゃんはここぞという時、気が弱いから」

「なっ、俺は血が苦手なだけだ」

「それがダメなんじゃない。アシュタロト様は流血を好む。お兄ちゃんより私の方がアシュタロト様の世界の実現の役に立てる」

「あなたは、アシュタロトの……悪魔の役に立ちたいんですか？」

「そりゃそうでしょ。悪魔の役に立てば大きな見返りが与えられる。あなただってそうでしょう？　……あなたみたいな頼りない人がアカツキの助けになってるの？」

赤月？　と脳内で漢字変換して、締まらない顔で香織を見返す。

「何よ、そのアホ面。ルシファーって言えばわかる？　ああ、そうだ、思い出した。ああなたはアカツキを左端さんって呼んでたわね」

要領を得ない直の反応に焦《じ》れたのだろう、香織が甲高い調子で捲《まく》し立《た》てた。

ああ、そうか、暁か。アシュタロトは左端をアカツキと呼ぶのか。

「あなた本当にアカツキの契約者？　がっかりするくらい使えなさそうなんだけど」

「……僕は別に、能力を買われたわけじゃないので」

いわば敵対する立場の人にがっかりされる程度にポンコツに見えるのか。さすがに少し左端に悪い気がしてきた。思えば直が使命と信じて実行することは、左端のブレーキになるようなことばかりだ。左端からすればむしろ直は邪魔者なんじゃないだろうか？

左端が直を傍に置くメリットとはなんだろう。よく考えれば謎だ。

左端さんにとって僕って……普段の扱いからして――おもちゃ？

最悪でいて的確に思える答えが浮かんでしまった……。

心の中でひとり悶えているうちに、潤一のイラついた声が耳に入った。

「香織、はやくこいつ始末してくれ。腕が疲れてきた」

「そうね。さっさと回収しちゃおう」

香織がワンピースのポケットから黒い塊を取り出した。金属の丸い球体に懐中電灯の明かりが当たって鈍く光る。手のひらに収まるくらいの大きさで、ネットの写真から直が思い描いていたものより小さかった。だが。間違いない、ソロモンの壺だ。

「アシュタロト様とバアル様がこの世を支配するためにはアカツキが邪魔なの」

そう言った一刻の後、目前に迫った香織の顔に爬虫類《はちゅうるい》を思わせるうろこ状の皮膚が透けて見えた。唇は端から裂けていきそうなほど開き、落ちくぼんだ大きな目に赤いひび割れの如《ごと》く血管を張り巡らせた。もはや人のものとは思えない形相。もしやこれがアシュタロト！

「ひいいっ」

驚愕《きょうがく》して度を失い、足元が定まらなくなる。

突如向こう面の裂けた口は生ゴミのような臭いの息を吐いたかと思うと、しゃがれた声を発した。

〈アカツキを消し、わが夫バアルを王としてこの世と地獄を従えていくのよ〉

男の物とも女の物とも、若者のものかも老人のものかも判断できない奇妙な声だ。

恐怖心に動揺と困惑が積み重なり、直は身動きが取れなかった。混乱した頭で理解したのは、この騒動が悪魔のクーデターの一端だということだ。

〈今こそわが夫バアルを呼び寄せるとしよう。神泉苑に器を用意する〉

「はいっ」と香織が歯切れよく返事した。

〈アカツキの契約者をソロモンの壺に収めてしまえ〉

アシュタロトの命令に応え、香織はシジルの刻まれた蓋を取った。マイクを向けるように壺の口が直に向けられる。同時に直は強い空気の流れによって壺の口へ引き寄せられた。

「うっうわっ、やめてっ、やめてください」

「アカツキの契約者、入れーっ」

耳をつんざく香織の高声が弾けた。

「うっ、ううっうわあああああああああ」

直を襲うのは掃除機で吸い取られるような、猛烈な引き。まるで重力で落下するみたいに壺に寄せられていく。

待てよ、この感覚。……そうだ、地獄の九層鏡、京見峠であれを見たときの感覚だ。

思い出した刹那、暗く深い壺の入り口が目に入って、直はきつく目を閉じた。

「捕まえた！　捕まえてやった！」

興奮に沸き立つ香織の哄笑を聞いて直は底が見えない闇に吸い込まれた。

＊

あれはまだ直が学校行事に参加していた小学三年生の頃のことだ。地元の歴史資料館に校外学習に出かけた。その頃にはもう自分の運の悪さに気づいていて、特別活動の日は緊張して必ず腹痛を起こした。同級生の前で個室トイレに入る勇気がなくて、ひとりで公園のトイレまで走った。蜘蛛の巣やへんてこな落書きに怯えながらなんとか用を足し、戻ろうと思ったら鍵が壊れて扉が開かなくなった。壁は高くてよじ登れない。閉じ込められたと知った時の焦りといったら。暑さと寒さが一度に襲ってくるようだった。出られない、というのは恐怖だ。二十二歳の大人だって泣きたくなる。

そう、直は現在泣き叫びたい気分だ。

ソロモンの壺の中は広さの見当がつかない。仄暗い空間に人魂《ひとだま》めいたオレンジ色の灯がポツポツと儚《はかな》げに揺れている。底面はゴツゴツしていて足首の高さまで粘性のある黒い水がある。水は血生臭く、憂鬱さを増した。

こんな非常時にスラックスのポケットで着信音が鳴った。『天国と地獄』のオルゴールではなく無機質な電子音だ。光る画面が希望の灯りに見えて、慌てて画面をタップした。京見峠の取材の依頼をしてきた編集者からのメッセージだ。

『京見峠でまた光が弾けたんだってね。矢部君、もしかして現場近くにいた？　面白い記事が書けるんじゃない？　話が聞きたいので連絡ください。よろしく』

悄然《しょうぜん》としてメッセージを閉じる。

オカルト記事を書くには十分すぎる経験をした。ただしリアリティーがなさ過ぎて陳腐なファンタジー小説になりそうだ。どうすれば迫力のある記事になるかな、と思考しかけて断念する。書いて世に出せる日など来ないかもしれない。

それにしても。この二日の間に連絡があったのは左端を除いてこの一件のみ。他人と関わらないように生きてきたから当たり前といえば当たり前だが、直を探してくれる人はいなかった。唯一の望みの母親は月に一度の定期連絡を先日済ませたばかりだ。本当に誰にも気づかれず、死ぬまで出られなかったらどうしよう。――って、もう死んでるか。と、いうことは。脱出しなければ死ぬことも出来ず永遠にここで過ごすということ？　そんなの地獄だ。嫌だ、嫌だ、嫌だ。絶望に苛まれ、直はむせび泣いた。どうして僕はいつも……。運が悪いことには慣れたつもりでいたが、こんな底があったとは。

ひとしきり泣いた後、依然として目の前に広がる暗然たる空間に深い息を吐いた。スマホをスラックスにしまいかけ思いとどまる。

アシュタロトが今から神泉苑でバアルを召喚しようとしていることと、左端をソロモンの壺に吸いこもうとしていることを左端に伝えなければ。

メール受信が可能なら電話できるかもしれない。連絡がつけば助けてもらえるだろうか。急いで左端に電話をかけてみる。五回コールの後に留守電のメッセージに切り替わった。どうやら通信できるようだ。問題はスマホの充電が残り二十パーセントを切っているということだ。無駄にバッテリーを消耗しないようにしなければいけない。

細い命綱を注意深くポケットに収めた。

今頃左端は何をしているだろう。神泉苑に向かっているだろうか。ソロモンの壺が高橋兄妹に渡っていることは知っているから、やすやすと吸い込まれてしまうことはないだろうけれど――。

契約を守る気はあるのか？

悪魔がまともに契約を遂行する保証などどこにもない。改めて直の利用価値の低さに気づいて、このまま見捨てることも考えられる。だいたい左端は愉悦を覚えることにしか食指が動かないのだから。

くそう、あの悪魔め。祇園に遊びに行ったりしてないだろうな……。

着物を着て颯爽と歩く姿や得意げに運転する顔、他に偲《しの》ぶ友もないから失意のどん底で左端のことばかり脳裏に浮かぶ。なんだかんだ言って直は、自分の不運に影響されない左端の存在に、強さに、惹かれている。信じたい気持ちも強い。

手のひらに書きつけた呪文を見やり、そっと声に出して読んでみた。

「パルキプス・パラテロス、パルキプス・パラテロス……」

繰り返しているうちに額が熱くなった。それから。

え？　あれ？

刻印が弾けるように赤い光を放った。それに誘われるようにして勾玉が青白く発光する。まがまがしいほどに輝く唐紅の光明と透明な青い光。ふたつが絡み合ってひとつになった。その光線がまっすぐ伸びた先から地鳴りのような音が聞こえてきた。

「な、何？　何――!?」

聴力を奪われるような轟音《ごうおん》。新幹線のホームで止まらない車両をやり過ごすときのような風が起こり、体が巻き上げられそうになるのを瞑目《めいもく》して耐える。と、突然しじまが訪れた。恐る恐る目を開けば、金色の巨大な瞳がふたつ、正面から直を見据えていた。

「うぎゃああああ」

尻もちをつきそうになった瞬間、太いワイヤーのようなものが直の腰を支えてくれた。ワイヤーは金色の目玉の下、ゴツゴツした崖の岩肌のようなところに繋がっていて――。

「あ、あなたは」

直が対面しているのは、背側が濃い緑色、腹側が金色の巨大な蛇、もとい龍だ。直の尻を救ってくれたのは龍の髭だった。

「龍神様……やっぱり閉じ込められてたんですね……」

龍神がクワッと大きく口を開いて目をむいた。お、怒ってる？

「ええと。きっと地獄の王が助けてくれますよ。助けてもらったことがあるんですよね？　僕は、その、一応、地獄の王の契約者ですから」

龍神は話さないが、こちらの言っていることはわかるようである。色合いも形もサンゴによく似た角を直の目前に下げてくれた。乗れと言っているらしい。

「じゃあ、すみません、失礼します」

角を握って硬い鱗に足を掛け、長く伸びた鼻筋を上る。頭頂部のごわごわした毛の上に正座して左右両方の角を持つ。

龍神は直を乗せてゆっくりと体を上昇させた。

＊

ソロモンの壺の果てを探して龍神は飛ぶ。外の状況を知ろうと耳をそばだてたが、風の音ひとつ聞こえてこない。広いのに閉塞的で、孤独な空間だった。

静寂を破ったのは、例の『天国と地獄』である。何度設定し直しても最大音量になる、地獄の王からの着信メロディだ。

「さ、さたっ、左端さんっ？」

舌を嚙みながら通話を開始する。

『おう、死体、元気か？　どうだ壺の中は』

耳当たりのいい美声が直接耳に届き、不覚にも泣きそうになるほど安心感を抱いた。

「左端さんどこにいます？　これからアシュタロトが神泉苑でバアル召喚の儀式をするって言ってました。ソロモンの壺に注意してください――」

『ああ。今、神泉苑で、俺も壺に入れとあいつらに追い回されている』

「え？　今？　まさかアシュタロトたちのいる前で電話してるんじゃないですよね？」

『してる』

『アカツキ、逃げるなっ、待てー、壺に入れー、こらー』

香織のがなり立てる声が聞こえてきた。合間にはあはあと荒い息遣いが入る。神泉苑の情景を微塵《みじん》もうかがわせない騒々しさだ。頭が痛くなってくる。

「あ、あの、観光客とか通行人はいないんですかっ？」

『結界を張っておいた。人間は締め出してある』

「ああ、なるほど」

『アカツキ、止まらぬか』

『うるせえなアシュタロト、俺のことは気にせず出来の悪い夫の召喚儀式でも始めたらどうだ？』

『わが夫はお前を片付けてからゆっくり呼んでやる』

『お兄ちゃん、ぼんやりしないでアカツキを止めて』

『そ、そんなの、無理だっ、相手は悪魔だぞ』

『ああっ、さっ、サマエル様、う、後ろ、ソロモンの壺にお気を付けくださいませ』

何だ、このドタバタ劇は。左端と香織と、香織に憑依しているアシュタロトに潤一、そしてラミエルが大騒ぎしている。

「左端さん、ちょっと、一回電話切りましょうか。僕もスマホのバッテリーが……」

『まだ壺の中にいるってことは、お前は死体のままだな』

「え？　僕ですか？　ええ、たぶん……あ、一緒に龍神様もいます。左端さんの予想通り取り込まれてました」

『ふーん、そうか、じゃあ俺もそっちに行くとするか』

「は？　そっちって、まさか、こっちですか？　だ、ダメですよ、左端さんまでこんなところに入って来ちゃ……。僕たちを助けてくれなきゃ」

左端の言うことは本気なのか冗談なのか摑めない。自ら敵の手中に収まってどうする。いくらなんでもそれはしないよね？　憂慮する直の耳に香織の絶叫が聞こえた。

『アカツキ！　覚悟しろっ。ソロモンの壺に入れーっ』

「やめて、ダメです、ダメだってば、左端さんまで吸われちゃったら――」

プツッと通話が途切れて、壺の中はまた静まり返った。不安に曇った龍神の目が下から直を見上げていた。

次の瞬間。頭上の遥か高いところに、夕暮れ空に輝く金星のような眩しい光が現れた。

「ひっ、ヒィッ、まさか」

光は神々しい輝きを増して大きくなり、近づいてくる。それが次第に、地獄の王の衣装に身を包んだ左端が姿を現し、ついに直と龍神の前に到着した。左端は龍神の目の高さに浮かび、偉そうに腕組みをして顎を上げて見せる。

「よう」

「左端さん、ほんとに来ちゃったんですか⁉」

「久しぶりだな、龍神」

左端は片頬を持ち上げ、この上なく晴れ晴れとした顔をした。龍神は大きな双眸《そうぼう》で左端を見つめ返し、フウッと大きな鼻息を漏らす。「お前まで来てどうするんだ」そう言いたいのだろう。わかるよ、龍神。

「ここも臭いな、地獄の沼スティクスといい勝負だ」

「そ、そんなことより、どうするんですか、左端さんまで吸い込まれちゃって」

「お前こそ何をしている。早く出てこい」

「ど、どうやって出るんですか」

「いまだ変わらず生き返りたいのではないのか？」

「ええ、まあ、それは、はい」

「歯切れが悪いな」

「いえ、生きたいです」

「では、生きたいと真剣に願え。ソロモンの壺は人間を封じはせん」

願う？　壺の外に出たい、じゃなくて、生き返りたいと？

「……願えばいいんですか？」

左端にまじまじと見つめられて俯く。なぜ生きたいのか、依然明確な理由は思いつかない。けれど、生きたいかと聞かれれば、やはり生きたいと思う。何の力も技術も取柄もない直は、たぶんこれからも運が悪くていろいろ上手くいかなくて、その度に嘆くことになる。それでもなぜか願ってしまうのだ。生きたい、と。なんとなく両手を合わせて目を閉じた。すると。ザザッと音を立てて壺の底の赤黒い水が揺れた。

「え？」

眉間にしわを寄せて底部に目を凝らした。と。突然赤黒い水面を左右に割いて、真っすぐに線を引くように前方に道が伸びた。有名なモーセの海割りのイメージで。

目を擦り、数度の瞬きをして、ついに驚きの声を上げた。

「えええええええええっ」

伸びる道に従って龍神が身を進める。その道の先に――。

「何かある」

人型の人形のようなものが転がっている。龍神の瞳が黄金色の光を発してそれを照らしてくれた。

「あ、あれ――」

既視感のある安っぽいTシャツを着た若い男が、首にメッセンジャーバッグを引っ掛けて仰向けで横たわっている。男と呼ぶには華奢な体。前髪が跳ね上がって剝《む》き出《だ》しになった額が童顔を強調している。

「――僕だ」

まるで幽体離脱。直は眠っているような自分の姿を上から見下ろしていた。

「やっと見つけたか」

呆れ気味に左端が言った。左端にはだいぶ前から見当がついていたのだろう。なかなか見つけない直に痺れを切らせて、ここまで来てしまったに違いない。

龍神の頭から飛び降りて、本体に駆け寄る。いとおしい。なんだろう。生き別れになっていた恋人に再会したような。いや、恋人はいたことがないけど、もっと深いところで繫がっている者――当たり前か、自分自身だから。

本体の元に跪き抱き起こした刹那、仮の体が、着ているシャツやスラックスもろとも透け始めた。透けた体はキラキラと光る白い粉になって本体に吸収されていく。夢見心地で眺めていると、いきなり視界が反転した。目の前にあるのは、樹齢を重ねた松の幹のような龍神の腹だ。いつの間にか直はくたくたのTシャツを着て、吐き気がするほど臭い赤黒い水に後頭部を浸して寝転がっていた。左手に勾玉を握って。

本体に戻った。そう確信する。勾玉を首にかけて立ち上がろうとした時、龍神よりももっとはるか上方に眩しい光の輪が広がっていくのが見えた。

「出るぞ。出たらまず壺を回収しろ」

左端が直の横にスッと飛んできて直の手首を握った。

シューと空気がしぼむような音と一緒に体が上方に引き上げられる。龍神が咄嗟に直の腰を摑んだ。

そうか、壺の蓋が開いたのか。この世の者はソロモンの壺に吸われない。壺は直を吐き出そうとしているのだ。左端と龍神はこの機会に直とともに外へ出ようとしている。すがりつく龍神の爪先が肉を刺す。痛い。猛烈な上昇スピード。顔面に風を浴び、歯を食いしばる。息苦しい。早く、早く、早く出たい、いや、――生きたい。

のに。

ズドッ。

出口に龍神の角が支えてブレーキがかかる。左端は猛烈な風の流れに逆らって体を反転させ、長い脚で龍神の角を蹴って引っ掛かりを外した。途端、直たちは勢いよく壺の外へ放出された。

＊

投げ出されて、最初に視界に入ったのは薄雲を纏った細い月だ。その下にライトアップされた日本庭園があった。緑に囲まれた池の中に厳かに佇《たたず》む龍神の社。ここが神泉苑だと認識した時、直の体は重力に従い落下し始めた。池に落ちる直前に受け止めてくれたのは、共にソロモンの壺から脱出した龍神だった。ホッとしたのも束の間、鈍く光る黒い塊が水面に吸い込まれていくのが見えた。

「ああっ、壺がっ」

龍神が直の指が示した方へ長い体をうねらせる。直は龍神の角に脚を掛け、体を逆さに向けて手を伸ばした。ゴボゴボと生き物の息遣いのような水音を聞きながらソロモンの壺を夢中で掴んだ。プランクトンが放つ水の臭いが鼻につく。さりとてソロモンの壺に溜まった液体に比べればかわいいものだ。

『アカツキの助けになってるの？』という香織の言葉を気にしたわけではないが、この壺を守るのが自分の使命のように感じていた。回収した壺を携えて顔を起こすと、いきなり重量感のある獣が直を目掛けて飛んできた。体は象だが顔は鼠。耳まで避けた口に尖った牙が生えている。体を支えるには小さすぎるように見える蝙蝠《こうもり》風の羽と、トカゲみたいな尻尾があった。

なっ、なんだ？　あいつ。

龍神が頭をもたげて獣の体をかわす。その拍子に直は危うく転げ落ちそうになった。

「おわぁっ」

必死で龍神の鱗にしがみ付く。方向転換した獣が再度突進してくる。ぶつかる、その寸前、直の視界を遮るように黒ずくめの長軀が立ちはだかった。立ち姿はヒーロー然とした凜々《りり》しさ。地獄の王、左端だ。真正面から飛び込んでくる獣の顎をすくい上げるように拳を振り上げた。鈍重な体が後転するように吹っ飛んだ。

「ったく、無駄に図体《ずうたい》ばかりでかい奴だ」

「ささ、さ、左端さん、ももも、もしや、あれがバアルですか？」

「いや。バアルはまだ来てない。あれはアシュタロトのドラゴンだ。高橋潤一を取り込んでいる」

「え？　ドラゴン？　ということは、あれも一応、龍……」

鱗が鉱石のように輝く龍神と比べ、憐れみすら感じる珍妙さだ。神として崇められる東洋の龍と悪魔である西洋のドラゴンは形も役割も違う。とはいえアシュタロトのドラゴンは威厳とか神聖さが全く感じられない。かつて神だった主と同様に悪魔となって輝きを失ったのか。

「まずはこいつから片付けるか」

左端が指の関節を鳴らすと、ドラゴンは泡を食って後ずさり、上昇飛行を始めた。龍神がドラゴンを追って身を翻し、気を抜いていた直は池に投げ出された。

「うわわわわわわわわわっ」

――バシャンッ。

「お前は本当に水浴びが好きだな」

「好きじゃないですっ」

左端の戯言《たわごと》を全力で否定して水面に拳を落とす。と。突然、飛沫が水柱となって立ち上がり、中から生白い顔がぬっと顔を出した。

「どわああっ、おばけっ」

ではなく高橋香織だ。いつの間にか周囲を水の壁に囲われ、香織とふたりで閉じ込められていた。香織が薄ら笑って舌なめずりする。その顔の下に幽《かす》かに見え隠れしているのはアシュタロトの輪郭だ。白いワンピースの下にメタリックなパイソン柄の肌が覗く。

直はソロモンの壺を胸に引き寄せ握りしめた。

香織は人並み外れたジャンプ力で水から上がり、壺を目掛けて襲い掛かる。目に染みるような臭い息を吹きかけられ、直は呼吸を止めて抗った。横顔に押し付けられた柔らかな胸のふくらみに動転して、身を回転させたのが失敗だ。俯き加減になった顔を水中に沈められた。んぐっ。苦しい――。

「何を遊んでる」

不意に嘲弄を含んだ左端の美声が聞こえたかと思うと、上に覆いかぶさっていた香織の体が引きはがされた。左端の手が水の壁を突き破って香織の襟首を摑んでいた。左端が穴を開けたところから水柱が滝になって崩れた。直はゲホゲホと咳《せ》き込み、片息を吐いて水から顔を出した。池の外へ投げ出された香織はブリッジの姿勢で起き上がり、体をのけ反らせたまま垣根の影に姿を消した。まるで大型の蜘蛛が動く様に。

エクソシスト？　怖い、怖すぎる。直の全身の毛穴が立ち上がった。

「生き返った早々死ぬかと思いました……」

「不運のお前ならその展開もあるかもな」

「それ、言わないでください。本気で凹みます。け、けどソロモンの壺はこっちにありますし、バアルを召喚される前にアシュタロトを封じ込めればいいんですよね？」

どうぞ、とソロモンの壺を左端に差し出した。が、左端は受け取らない。

「高橋香織の体からアシュタロトが離れたら壺に吸い込め」

「吸い込め？　ま、まさか、僕にやれと？」

「お前はもう吸い込まれる心配がないからな」

「だけどこれを奪い返すために悪魔が襲ってくるでしょ——」

恨めしさを込めて上目遣いに左端を見る。いつも通り左端は都合の悪いことはスルーだ。

「まずは女とアシュタロトをどう引き離すか、だな」

左端はゲームの戦略を立てるような軽い口振りで言って、直の脇を抱え上げた。

「とにかくお前も水から上がれ、——直」

ザブッという水音に紛れて聞こえたワードに、直は思わず目を見張った。

……え？

今、確かに聞こえた。自分を示すたった二つの音の繋がりを左端が発声したのが。

「直」と。今まで名前を呼ばれたことがなかったのに——そうか、死体じゃなくなったからか。ついうっかり口元がほころんでしまうのは悔しいが、抑えられなかった。

＊

善女龍王社の拝殿に稚児の中村理久が横たえられていた。服装は白いワンピースのままだが、カツラはつけていない。バアルの護符が付いた麦わら帽子は胸の上に載せられていた。アシュタロトの毒の影響か、意識はないようだ。体調は気に掛かるが、悪魔退治が完了するまでは下手に動かさない方が安全だろう。バアルを受け入れる器として待機させられているなら危害は加えられないはずだ。

龍神とアシュタロトのドラゴンは空の高いところを飛んでいる。何の恨みか、龍神はドラゴンを長い尾で小突いては追い回していた。

香織に憑依したアシュタロトは依然姿を隠して不気味に沈黙している。

「サマエル様、直さん。よくぞご無事で」

樹木の陰から飛び出してきたのはカラスの姿のラミエルだ。羽で顔を覆い、安堵の涙を流す。左端が壺に消えてから絶望的な気持ちで身を潜めていたらしい。

「先刻、アシュタロト様がバアル様の召喚を試みられましたが、達成なさいませんでした。あちらにその証が――」

参道の真ん中に降りたラミエルは、不自然に盛り上がっている地面を嘴で示した。バアルが這い出そうとした跡だという。左端はブーツの踵《かかと》でその場所を踏みつけた。

「ふん。バアルめ、血の臭いに先走ったな。堪《こら》え性《しょう》がない奴だ」

バアルは地獄と人の世の狭間《はざま》にある死の淵の森で身動きが取れなくなっているらしい。アシュタロトは素戔嗚尊を祀る神社で生贄を捧げることで、魔力の元となる『気』をバアルへ送っていたと考えられる。

神泉苑には聖なる地としての象徴である龍穴がある。祇園祭の起源になったという謂れからも想像できるように、ここはかねてより気が集まると信じられている場所だ。さらに、前田が殺された花園今宮神社と八坂神社を地図上で結んだ直線の中心に位置することがわかった。悪魔はけして無作為に生贄を捧げる場所を選んでいるわけではないようだ。十字や三角形など何らかの形を描いて儀式を進め、十分に気を集めた後にこの地でバアルを召喚する手筈《てはず》だったのではないか、というのがラミエルの見解だ。しかし殊の外その時期が早まったために、不首尾に終わったのだろう、と。

直は高橋兄妹の地図を想起した。たくさんの神社に赤い丸印が付けられていた。あの印の数だけ悪魔の殺人が起きる可能性があったと思うと身震いが起きる。ここで食い止められてよかった。最悪の事態を免れたことに安堵した一方で疑問も生まれた。

「でもどうしてアシュタロトは召喚儀式を急ぐ必要が？」

「どうして、だと？　原因はお前だ」

左端はまさに怪訝という言葉を表すにふさわしい表情を見せた。

「へ？　僕？」

素っ頓狂に声を裏返らせた直に、ラミエルは嘆かわしいとでも言いたげに首を振る。

「アシュタロト様はサマエル様の契約者たる方を捕らえられたのですから。サマエル様のお怒りを恐れ、予定を返上してバアル様を召喚しようとなさったのです」

「俺のものを盗《と》っておいてただで済むとは思うまい」

俺のもの？

そう言われるとちょっとこそばゆい。そんなに大事にされている実感はないし、左端がそれほど憤っているようにも見えないけど。結果、生贄のための殺人を食い止められたならよかった。

バアル召喚に失敗したアシュタロトは急遽《きゅうきょ》この場で生贄を用意しようとしたらしい。しかし、左端が張った結界に阻まれて神泉苑の外から生贄を連れてこられず、捧げられる人命は香織か潤一しかなかった。兄妹が途方に暮れている間に、アシュタロトは痺れを切らせてドラゴンに潤一を捕らえさせた。

「サマエル様がお戻りになられたのは、その折でございます。突如ソロモンの壺が光を放ち、アシュタロト様の元を離れて宙に舞い上がりました」

ラミエルが興奮気味に話す最中、地を揺さぶるような衝撃音とともに、砂ぼこりが上がった。

見れば、参道にドラゴンが横たわって伸びている。龍神の攻撃で墜落したようだ。拝殿の上空から龍神が様子をうかがっていた。

ドラゴンの体は煙のように薄れて消え、取り込まれていた高橋潤一が残った。ぐったりした様子に生きているかと心配になったが、微かに瞼を震わせているのを確認してひとまず胸を撫で下ろした。潤一の傍にパナマ帽が転がっていた。左端が法子から買った帽子だ。全体が黒っぽく変色して溶けたように形が変わり、茅の輪の飾りも失っている。左端はそれを拾い上げた。

「そういえばソロモンの壺に吸われた時に落としたな」

思いがけずアシュタロトに命を狙われることになり、潤一は藁《わら》にもすがる思いで護符の付いた帽子を身に着けたのだろう。除災の願いは無情にも踏みにじられたようだ。悪魔との約束など欺瞞《ぎまん》に満ちている。

左端は指を鳴らして灯した炎にパナマ帽をくべて参道に投げた。パナマ帽は燃えた部分から黒い煙になって霧散していった。

「お兄ちゃんっ、大丈夫？」

法成就橋の上で悲痛に叫んだのは香織だ。兄の元へ駆け寄りたい思いをアシュタロトに抑えられているらしい。例の如く香織にはアシュタロトの形が薄く重なり、ぬらぬらと鱗が光る皮膚や鋭い鉤爪《かぎづめ》が垣間見《かいまみ》える。

〈黙れ、娘〉

香織の中から発せられる中性的な嗄れ声が香織を制した。そして。〈ソロモンの壺から戻るとはしぶといわね、アカツキ〉と、左端に呼びかける。

「あんなつまらん場所にこの俺が長く居られるか。お前とバアルの愛の巣に最適だぞ」

〈偉そうに言えるのも今の内よ。今後はお前の好きなようにはさせぬ。我らはこの世と地獄を支配するのだ〉

「我ら？　笑わせるな、寄れば争うばかりのお前らに何ができる」

〈ここには我らの協力者がいる〉

「協力者？　人間にお前らのくだらん夫婦喧嘩の仲裁でもさせるつもりか？　人間は神の創造物、人の世は神の管轄だ。秩序を乱すな」

〈アカツキ、必ずお前のすべてを地獄の氷に沈めてやる。お前に最も似合う場所にね〉

「ほう、俺に挑むか？　俺が本気を出せばお前もこの世もなくなるぞ？　俺は手加減が苦手だからな。それより、折角懐かしい神泉苑に来た。久しぶりに雨乞い対決でもして遊んでやろうか？」

左端が片眼《かため》を眇めて龍神を見上げる。応えるように龍神が体を旋回させた。

「雨乞い対決って……アシュタロトも関係あるんですか？」

つい差し出口してしまった。ラミエルが直のTシャツの裾を引っ張り、アシュタロトが守敏に、左端が空海に力を貸したのだと小声で教えてくれる。その際にドラゴンよりも龍神に人々の期待が集まり、嫉妬したアシュタロトが龍神を閉じ込めたというのが因縁の始まりらしい。

〈要らぬことを言うな、ラミエル。純白の天使がカラスになど成り下がりよってっ〉

アシュタロトの怒号に首を竦めるラミエルに、直は「巻き込んでごめんなさい」と目配せで謝る。すると今度は直の方にアシュタロトの嗄れ声が飛んできた。

〈そこの貧相な人間、お前は京見峠で見たね。あまりに無味ゆえ今の今まで気づかなかったわ。まさかアカツキと契約して生き返るとは。これほど悪魔の役に立ちそうにない人間はないように感じるが――〉

「その通りだな」

左端が意気揚々と肯定する。待て待て。大事な持ち物をけなされたら少しくらい不快感を表明してもいい。ムッとして左端を見る。左端は直と目を合わさぬままアシュタロトを指さした。

「だが、お前はその使えん人間に龍神を逃され、壺を奪われたぞ」

〈ええ、全く不愉快だわ。つまらぬものを一緒に吸い込んでしまった〉

「じゃあ、今回龍神を閉じ込めたのもあなた――」

うっかりまた割り込みそうになってあたふたと口を押さえた。

〈龍神はね、のこのこ京見峠まで鏡の光を見に来たのよ。だから捕らえるように命令して壺を投げてやった。神泉苑へ逃げながら吸い込まれる姿は間抜けだったわ。後は人間に壺を回収させるだけだったのに。使えない人間ばかりだったわ〉

九層の鏡の光に包まれた際に直が見た黒い影はソロモンの壺だったようだ。光の破裂の衝撃で生死を彷徨《さまよ》っているうちに偶然壺に入ってしまったらしい。つまり側杖《そばづえ》を食ったということだが、龍神を助けられたなら、まあ、よかった。――なんて思っていたら、香織が急に甲走った声を出した。

「アシュタロト様、あそこに生贄に最適な人間がいます」

香織は愛らしい笑顔で直に目交ぜした。ゾッと悪寒が走る。

「……ぼ、僕のことですよね？」

「だな」と左端は短い返事を返し、「直さん、お気をつけて」とラミエルが空へ飛び立った。――薄情者。

「ま、守ってくれるんですよね？　僕、左端さんの、じ、地獄の王の契約者でしょ」

「お前の望みは何だった？」

「え？　ええと、生き返る――あ」

「契約を履行したぞ。生き返るタイミングが悪かったな。まあ、それがお前だろう」

「そんなああっ」

「〈何をごちゃごちゃ言っている〉」

アシュタロトと香織が同時に怒声を張り上げ、鞭《むち》を掲げて直の方へ向かってきた。

うなる鞭は暗紫色の毒気を放った。飛び跳ねてその攻撃を避ける。直の代わりに打たれた芝が一瞬にして枯死し、小石は砕けて砂塵《さじん》となった。

ひいいっ、こわっ。

＊

善女龍王社の参道から南にある大鳥居へ向かって走る。憤怒に満ちた香織のおぞましい眼差しがすぐ後ろに迫っていた。捕まればソロモンの壺を奪われ、バアル召喚の生贄になってしまう。壺を収めたメッセンジャーバッグを身体の前に抱えた。

しかし逃げ場がない。結界が張られた神泉苑からは出られず、南の鳥居から北の鳥居への直線コースへ向かえば行き止まりだ。本堂前で曲がって法成橋を通り、善女龍王社の拝殿、そして参道。このルートをひたすら周回して時間稼ぎするより他はない。鞭の攻撃を避け、参道に倒れている高橋潤一を飛び越え、逃げるだけのエンドレス鬼ごっこ。

このままだと体力がもたない。

龍神とラミエルは空から様子を窺い、左端は拝殿の屋根の上で高みの見物を決め込んでいた。が。

「ああ、鬱陶しい、グルグルグルグルグルと。いっそ女も一緒に炎の剣で始末するか」

左端は退屈になってきたようだ。掌から炎の剣を出して振り回し始めた。左端が無謀な行動に走って被害を大きくする前に、なんとかアシュタロトをソロモンの壺に片付けたい。どうしたらアシュタロトと香織を分離させられるだろう。

そもそも潤一が隠した死体に呼び寄せられたアシュタロトが、潤一より香織を好んだのはなぜか。香織がより強く悪魔の力を欲したからだ。ということは——。

考えながら潤一の傍らを通り過ぎた時、いきなり足首を摑まれた。

「どわっ」

前のめりに転んだところを後ろから抱えられた。いつの間にか潤一が意識を戻していたらしい。

「生贄が必要なんですよ」

かすれ声で、しかしはっきりと潤一はそう言った。だからお前の命を差し出せと。

香織と潤一に挟まれる。香織は、いや、アシュタロトはケケケと喉の奥を震わせ、振り上げた鞭を刃渡り三十センチほどの両刃の洋刀に変化させた。刃に染みついた脂のテカリが禍々しく浮かんでいる。直の喉仏がゴクリと大きく動いた。

「あ、あの、香織さんは、悪魔に、な、何を願うつもりですか」

「普通のことよ、幸せになりたい。召喚に貢献した分お金をたくさんもらって、お兄ちゃんと大きなお店を持って、家庭を築くの。誰にも邪魔させない」

家庭を？　兄妹の思い描く未来図にしては違和感がある単語に、潤一は見るからに動揺して呼吸を乱した。

おそらく兄と妹の欲は相容《あいい》れない。鈍い直にも今は少しわかる。潤一は強すぎる妹の愛情と嫉妬心が怖いのだ。だから護符の付いた帽子を法子に渡した。紳士ものにしたのは法子のために作ったことを隠すためではないか。すでに法子が生贄として殺されてしまったことを潤一は知っているのだろうか。

直はアシュタロトの幻影をなるべく見ないように、恐る恐る香織に呼びかけた。

「香織さん、たぶん悪魔と取引しても、あなたが望むような結果には、ならないと思います。……だって、潤一さんはあなたの想いに同意していないでしょう？」

「や、やめろ。お前、か、勝手なことを言うなっ」

狼狽《うろた》えたのは潤一だ。

切なげに表情を歪めた香織は、アシュタロトの影をさらに濃く浮き上がらせた。

〈だから潤一の想い人を生贄として始末してやったのよ。存在しなければ望むまい〉

潤一の顔がにわかに土気色に変わった。直を拘束していた手の力が緩む。

「なんで……彼女には手を出さないと約束したはず――」

〈お前と約束などした覚えはない。私は香織の邪魔者の排除に力を貸した〉

「そんな」

「お兄ちゃん、法子さんのこと、本気だったの？」

声を湿らせる香織を不憫に思うが、これで目が覚めるだろう。人を殺しても欲は満たされない。悪魔と取引しても人の気持ちは手に入らないのだ。それに気づけば悪魔から離れたくなるはずだ。悪魔も使えない人間からは去ろうとするに違いない。

しかし。悪魔アシュタロトは容赦なかった。香織の心をかき乱すべく囁いた。

〈兄のことなど考えずお前の幸せだけを願え。兄は裏切り者よ。母親を殺し、お前の心を欺いた。兄が愛していたのはお前ではない〉

「嘘……お兄ちゃんが言ったのに、血の繋がりなんて関係ないって。私を好きだって。なのに……。お兄ちゃんがお母さんを殺した？　どういうこと？」

〈私をお前たちの元へ誘ったのはアトリエの倉庫に隠された死体だよ。兄が殺した、お前の母親の死体だ。兄はお前を騙《だま》して、お前の恋心を利用したのよ〉

「ちっ、ち、違うんだ、香織、そっ、それはその、俺は」

慌てふためき声を上擦らせた潤一は、忙しく視線を泳がせた。対して香織の目は真っすぐに潤一を射ていた。捕らえた獲物を離さぬ気迫が感じられる。

「お母さんは自由になりたくて家を出たんだろうって、お兄ちゃん言ったよね？」

「香織、待ってくれ、そのことは後で――」

「殺したの？　お母さんを、お兄ちゃんが？」

「いや、殺したんじゃなく……あれは事故だ」

〈殴ったのは事故か?〉

「この裏切り者おおおおおお」

香織は洋刀を振りかざし、眦を裂いた。こめかみに血管を浮き立たせ、まさに怒髪天をつく有様《ありさま》だ。アシュタロトの笑声が「ククク」と香織の中から漏れた。

〈ふたりとも殺せ。生贄は多い方がよい〉

アシュタロトの声に打たれたように、香織は血眼で洋刀を縦に横に振り回し始めた。香織自身が悪魔では? と疑いたくなる恐ろしさだ。

「かっ、香織さん、ちょっ、ちょっと待って、落ち着いてください」

思っていたのと違う展開に動揺しかない。直と潤一は足をもつれさせ逃げ惑った。どさくさに紛れて、潤一が直の背中を香織の方へ押した。同じタイミングで直が躓《つまず》き、肩透かしを食った形で潤一もバランスを失った。ふたり一緒に生垣の間に転がり、殺気立った香織の猛襲を受けた。

「ヒギャッ」

「ヒイイイイイッ、いてぇえ、血っ、血ィィィィ」

直より大きな悲鳴は潤一だ。参道に這い出した潤一の後に赤い雫が点々と続いている。前腕を切られたようだ。傷を押さえた手指の間から溢れるように血が落ちていた。

──またしても自分の不運に人を巻き込んでしまった。直が躓かなかったら潤一は逃げられたかもしれないのに。ぎゅっと胸の奥に痞《つか》えを感じる。

「血だ、血だ、し、死ぬ、死ぬ、怖い、死ぬうう、ああ、ああ」

錯乱して泣きじゃくる潤一の背中に白い影が冷酷に近付く。香織は逆手に持ち替えた洋刀を潤一の頭頂部目掛けて垂直に振り下ろそうとした
「だ、ダメです、やめて」

直は叫び、衝動的に垣根を飛び越えた。勢いのまま横跳びで体当たりすると、香織の体は軽く弾んで参道の脇に倒れた。洋刀が香織の手を離れて落ちた。凶器を渡してはならない。したたかに膝を打った直は、身悶《みもだ》えながら洋刀に手を伸ばした。しかし一歩遅かった。洋刀のグリップを取ったのは潤一だ。陰鬱な色をその双眸に湛《たた》えた潤一は強い怒りと狂気に満ちていた。直は固唾を飲み、尻で歩いて後ろへ下がった。

(左端さん！)

救いを求めて拝殿を見上げた途端、虚脱感に陥る。左端は瓦屋根の上に涅槃《ねはん》像の如く横たわっていた。人間のもめ事は完全に管轄外か。

「よくも法子を──」

憎悪に震えた声。潤一が向かったのは直ではなかった。

「へっ、あれっ？　ちょっと、高橋さんっ」

やおら半身を起こした香織の面に浮かぶのはアシュタロトの薄笑い。潤一は恐怖に抗するように、冷酷な悪魔の横面に洋刀を振り下ろした。止める間はなかった。直は立ち上がることすらできず、飛び散る血飛沫《ちしぶき》を見た。血にまみれ、苦痛に歪んだ顔は悪魔でなく香織だった。唇が発声なく動く。「お兄ちゃん」、と。潤一は唐突に我に返ったように震え出し、覚束ない手つきで洋刀を引き上げた。

次の瞬間、アシュタロトは鋭い鉤爪で潤一の腹を一気に横に引き裂いた。水気の多い固形物が飛び散る音がした。潤一の体は勢いのまま飛ばされ、参道の砂利に叩きつけられた。続いて香織の体もよろめきながら崩れ落ちた。音と動作の熾烈さで、ふたりとも重い傷であることは容易に知れた。吐気で喉の奥が痙攣する。酸味の強い唾液を吐き出して声を絞り出した。

「た、高橋さん？　……香織さん？　だ、だい、大丈夫ですかっ？」

応答しない影に近付こうと膝を立てた時、地面が揺れた。潤一と香織の血で染まった砂利の下、地中から何かに押し上げられるように突然地面が動き始めたのだ。

生ぬるい風が頬を叩く。星の見えない空に雷鳴が轟き、ぽつぽつと雨が降りだした。どこか遠く――天からか、地からか――たくさんの雄叫《おたけ》び《おびただ》が聞こえてきた。時折白く浮き立つ稲光。それを反射して煌めくのは、夥しい数の鉾の鏃《やじり》だった。黒雲の中にバアルに力を与える素戔嗚尊の軍勢が、士気を鼓舞する鬨《とき》を上げているのか。

迅雷に促されるように地動は激しくなり、地面にできた亀裂からついに巨大な蜘蛛のような黒い影が這い出した。地面の感触を確かめるように蠢《うごめ》くそれは、節くれだった大きな左手だった。

＊

激しい地動を伴い、バアルは龍王社の参道のど真ん中にその全貌を現した。拝殿の屋根に届くほどの長軀に重量感のある筋肉。彫りが深く男らしい面もち。ギリシャ神話の神様を想像させるような神秘的な姿だ。話に聞いていたものと随分イメージが違う。確かバアルは中年のおじさんにカエルと猫の顔が付いた蜘蛛だったような……。

左端は屋根の上からバアルを見下ろし、嘲笑交じりに質《ただ》した。

「バアルよ、そのナリはなんだ？　嫁の趣味か？　さてはその木偶《でく》のせいで脱獄に失敗したな？　人の世で姿を変える余裕などお前にはないぞ。過信するな」

バアルは無言で拳を振るい、左端に襲い掛かった。力は強そうだが動作が不安定で、いかんせん鈍い。あっさり避けられてたたらを踏み、「グウッ」と唸り声を一つ漏らした。

「なるほど。声が出ないか。まあ、人の世で力を維持できるのは俺くらいだからな」

とはいえバアルは、不安定ながら人間に憑依せずこの世に存在できて、見た目を変化させる魔術が使えている。それだけ力がある悪魔だということだろう。

バアルが理久に入る前に手を打たなければ。それがソロモンの壺を預かった直の仕事だ。

この世が悪魔に乗っ取られるかもしれない危機的状況で、不運体質の直が鍵を握る。

気が張り詰めて胸が潰れそうだ。乾いた唇を舐《な》めると血の味がした。

直は理久が眠る拝殿を振り返った。小さな体にバアルの護符が載っている。ここには左端の結界も張ってあるからひとまず安心だ。

大丈夫。慎重にやればできる。

自分に言い聞かせて頷く。理久の傍に待機しているカラス姿のラミエルが首を伸ばしてこちらを見た。直は向き直って参道に臨み、メッセンジャーバッグからソロモンの壺を出した。シジルが入った蓋を開けて正面のバアルを見据えた。猛禽《もうきん》のような鋭い眼がギロリと見返してくる。圧《お》されてはいけない。精一杯声を張った。

「バアル、入れーっ」

首を竦めて目を眇める。バアルを吸い込む強い風が、起きるはず——。

あれ？　あれれ？

壺は無反応だ。

目を細めたまま黒目だけ動かして周囲を窺う。正面に迫力ある巨体が悠然と構えている。屋根の上に浮遊する左端が壺の蓋を閉めろとジェスチャーで伝えてきた。慌てて壺をしまう。と、背後からラミエルが、

「直さん、あちらはバアル様のまやかしのお姿でございますから、壺を向けても効果がございません」

「まやかし？　そ、そうなんですか」

「ご本体はエネルギーをセーブするため、ごく小さくなって隠れておられるかと――」

「ああ、それで木偶……」

バアルが天を仰いで「うおお」と吠《ほ》えた。呼応するように雷鳴が激しくなり、雨に交じって鉾が降ってきた。

「完全に煽ったな」

炎の剣で鉾を弾きながら左端が言った。直は転がるように軒下へ逃げた。

「ご、ごめんなさい」

謝るしかない。役に立ちたかった、なんて言えば余計なことをするなと叱られそうだ。

龍神は上空で身を翻して鉾を避けている。鉾は地上に達すると、激しい火花を散らして消滅した。

「バアルと素戔嗚尊が雷を操ると言っていたな」

「え？　あ、はい。同一神として共通する能力だと、ネットに書いてありました」

左端に唐突に聞かれて思い出した。ウガリット神話のバアル神は左手に鉾、右手に稲妻を握っている。そして、軍神素戔嗚尊の武器もまた鉾なのだ。

「俺と龍神も雷の扱いは得意だぞ」

絶妙の間で龍神が青白く光る稲妻を咥えて拝殿上空へ降りてきた。左端は炎の剣を掌に収め、龍神の稲妻を受け取った。それを長く伸ばして、ヘリコプターのプロペラのようにブンブンと振り回す。さらに上空へ昇り、神泉苑を覆うほどの大きな光の輪を作って放った。雷の輪が傘になって落ちてくる鉾を跳ね返す。その度青白い光が細く糸を引くように流れる。まるで巨大なクラゲが海の中でゆらゆらと発光しているような光景だ。

写真に収めておきたい気持ちは我慢する。いつか左端のことを記事にするなら、この凛々しい地獄の王の姿を書き記したい。誰も信じなくても、くだらないオカルト記事だと笑われても。

ドスドスと地面に激しく物が打ち付けられる音がして、直は地上に目を戻した。動きが遅いバアルが歯嚙《はが》みして地団太を踏んでいた。

その時。不意に冷たい手に肩を摑まれた。

＊

香織、いや、アシュタロトは直の背中に重なるようにピタリと貼りついてきた。肩越しに直を覗き込む香織の顔から血が滴り、アシュタロトの口から暴力的な悪臭が漂った。鉤爪で首筋を撫でられる。殺される、と思った瞬間、嗄れ声が耳朶を震わせた。

〈この女の体はもう使い物にならん。お前に乗り換えるとしよう〉

な？　なな、何て？

直は眼球が落ちそうなほどに目を見開いた。蛇が脱皮するがごとくアシュタロトが香織の体から抜け出すと、脱力した香織が脱ぎ捨てられた服のように倒れた。

鱗で覆われた硬い体に組み付かれ、スプリットタンで頰を撫でられる。身をよじって抵抗すると、肌に鉤爪が突き刺さった。ある意味、殺意を持って襲い掛かられるよりも恐怖だ。

「ひっ、ひいいっ、やめてっ」

馬乗りになったアシュタロトの顎に頭突きして、這《ほ》う這うの体で抜け出した。

アシュタロトが蓬頭《ほうとう》を振り乱し、捲し立てる。

〈キイィ。なんなの、お前、一体何者なの？　なぜ憑依できない。この役立《やくた》たずめっ〉

そんなこと言われましても。意味不明に怒鳴られて呆然としていると、急に体が浮き上がった。さらにグイッと首根っこを引っ張られて、直は我に返った。左端に抱えられて龍神の頭に乗っていた。

「アシュタロトよ、これは使えん人間だと言っておいたはずだぞ」

左端のおどけた口調に安堵する。それが悪口だったとしても。

〈くだらぬものを侍らせよって〉

「くだらぬものでも欠陥品のガラクタでも王の所有物を盗ったお前の罪は重いぞ。ましてこれは俺の今一番の気に入りの玩具だ」

――やっぱり前言撤回。ちょっと泣きそうになってきた。

〈玩具？　笑わせるな。利用価値のないものはゴミと呼ぶのよ〉

「馬鹿め。俺の言う『使えん』とはそういう意味ではない。これは並みの悪魔には使えぬ珍品だ。悪魔の憑依を受けつけん」

〈なんですって？〉

え？　どういうこと？

直としても詳しく聞きたいところだったが、質問は受け付けられなかった。

「残念だったな、アシュタロト。これ以上お前に構っている暇はない。地獄へ帰って来いとミーノスがうるさいのだ。京都観光もできていないと言うのに」

〈お前はさっさと地獄へ帰るがいい。私はこの世にバアルと世界を作る〉

「あれと世界など作れるのか？」

左端が親指で指し示すのはなぜかラミエルだ。拝殿の賽銭箱の上で戸惑ったように羽をワタワタさせている。

「え？　ラミエルさん？　どうして……あ」

ラミエルの嘴の先に虫のようなものが。

まさか。

近づいてみると、おじさんと猫とカエルの顔が付いた黒い蜘蛛だった。かわいらしい王冠を頭にのせている。さすが「バアル《王様》」だ。何事か喋っているようだが、声が小さ過ぎて聞こえない。そうか、静かだと思ったら、あの巨体がいつの間にか消えていた。もうまやかしの体を浮かび上がらせる魔力が出ないのだろう。理久の体に入ろうとしたところをラミエルに捕まえられたに違いない。

〈なっ、何をしておる、この馬鹿夫めがっ〉

口角泡を飛ばし、充血した目を尖らせて怒鳴る妻アシュタロトの姿は夢に見そうなおどろおどろしさだ。独身男子の結婚の夢を打ち砕く程度におっかない。

「お前も人間に憑依できねば消滅するより他はない。すでに生気を失い始めているぞ。先にバアルを地獄に送っておいてやろう。九層の鏡の中でしっかり話せ」

左端は蜘蛛になったバアルを掌で炎に包んだ。それをバアルが出てきた参道の亀裂に運ぶ。バアルを入れた火の玉を地面に押し付け、さらに掌に大きな火の玉を生み出して地中にぶっ放した。空まで焼きそうな火柱を上げて、火の玉が地中へ潜っていく。崩れた参道が時を戻すように修復されていった。

「手間をとらせやがって」

左端が手を払って立ち上がる。

〈えらそうにしていられるのもここまでよ、アカツキ。これを見よ〉

言いながらアシュタロトは直の手首を鉤爪で握った。そして、反対の手で自分の脇の下から何やら取り出した。それが何か、気づいた瞬間に直は叫んでいた。

「う、うわあああ、みんな逃げてっ、左端さんもっ、逃げてっ、逃げてくださいっ」

ソロモンの壺だ。さっきアシュタロトに抱き着かれた時に奪われていたらしい。

龍神とラミエルは直の声に弾かれるようにして空高く飛んで行った。

「左端さんも、早くっ、あぶない、吸われちゃう」

あの果てのない陰鬱な空間が、鼻がもげそうな汚臭が、一生出られないかもしれないという恐怖が蘇って膝頭がガタガタと鳴った。うっかりしていた。盗られたことに全く気づいていなかった。左端が壺に捕まってしまったら——。次は一緒に飛び出したりはできない。直の不運は地獄の王まで引きずり込むのか。

されど左端は参道の真ん中から動かない。掌に炎を立ち上げて、ニヤリと笑った。

〈あら、アカツキ、何をするつもり？　私はね、お前を吸い取ってやるのよっ〉

壺の蓋を取るため、アシュタロトが直の手を離した。その隙に直は真っすぐに左端の元へ駆け出す。人間が一緒に居れば悪魔もソロモンの壺には吸われない。直が左端の護符になり得る。額のシジルが熱い。勾玉が直を導くように首の紐を引く。その間に左端は大きな火柱を筒形の鉄砲みたいな形にして――ロケットランチャーだ――肩に担いだ。

〈アカツキーっ、ソロモンの壺へ入れええええ〉

アスタロトの怒声が後ろから追いかけてきた。吸引風が起きて、左端は地面を踏みしめた。直は風を遮る盾となって走り、左端の胸に飛び込んだ。

「左端さんっ」

左端は直を受け止め、腕に抱えたままロケットランチャーの引き金を引いた。

シュッ、シュッ、シュッ、と三回。空気を切る音を立てて、三つの火の玉が飛び出して爆《は》ぜた。ジュドーン、ジュドーン、ジュドーン。

〈イギャアアアアアアアアーッ〉

引きつった叫び声と共に、アシュタロトとソロモンの壺が炎に包まれた。炎はぬたくるように揺らぎ、ムンクの叫びのような影を浮かび上がらせた。

直は体を震わせて左端にしがみついた。

ひとしきり燃えた後、アシュタロトも真鍮も黒い塵になって跡形もなく消えた。

「ソロモンの壺が……いいんですか？　神様のものなんですよね？」

「ああ。問題ない。どうせろくなことに使われん。ミカエルが回収し忘れたのを俺が片付けてやったんだ。天使どもに礼を言わせてもいいくらいだ」

左端は炎のロケットランチャーを小さな炎にして吹き消した。直の心には、なぜかバースデーケーキのローソクの火を吹き消す人を眺めるような幸福感が生まれた。

誰かと一緒にいるのが怖かった。不運を気味悪がられて去られることや誰かを自分の不幸に巻き込むことにいつも怯えていた。左端はけして直の不運に巻き込まれない。だから安心できる。相手が左端なら顔色を窺う必要はないし、素直に気持ちを吐き出せた。

別れが近づいていると思うと、直は少し湿っぽい気分になった。

「あの……いつか記事にしてもいいですか？　地獄の王が人間界への悪魔の侵略を食い止めたって」

「誰が信じるんだ、そんなもの」

「信じなくていいですよ、誰も。ただ僕が記録しておきたいんです」

「ふん、勝手にしろ」

高橋潤一は死亡していた。香織は生きてはいるが、左端に言わせると寿命はすぐそこまできていて、彼女に相応《ふさわ》しい場所は地獄らしい。病院に連れていくことも許されなかった。

＊

オーケストラの指揮者が演奏者に大きな音を要求するように、左端が両手を大きく広げると、池の水は波立ち、溢れ、見る間に赤黒く変色して、マグマのように猛《たけ》った。過激な血生臭さが漂い、悶え苦しむたくさんの人の声が烈火の中から聞こえてきた。それは他人の命や物を盗った罪人が堕ちる地獄の河、プレゲトーンの流れだとラミエルが教えてくれた。香織と潤一もその罪人の群れの中に混じってもみ合っていた。罪人たちは何度も殺し合い、沸騰する血の河で溶けては生まれ変わり、永遠に死ねずに苦痛を繰り返すという。

この河も昨夜の朱雀大路の結界の炎と同じく、人の世の物を巻き込んだりはしない。幻想だとわかっている。なのに、直は腰が抜けたように動けなかった。伝わる熱の熱さが、音が、何より醜く争う人の姿がおぞましく、涙があふれた。

理久を背負った左端に手を引かれ、鳥居の上へ運ばれた。

「そんなことではせっかく地獄を垣間見ても記事など書けんな」

「す、すみません……」

「さて。ひとまずこの騒動は片付いたか」

締めの挨拶を切り出すような左端のひと言に、直は緊張した。ラミエルがホバリングしながら左端に答える。

「はい。まだ九層の鏡にソロモンの壺を投げ込んだ者の調査は必要でございますし、所在不明の悪魔の調査も進めてまいらねばなりませんが、今のところ、人の世での新たな悪魔の報告はございません。直さんの生き返りも無事完了いたしましたし」

「しかしまだ視察が途中だな。車も乗り足りておらん」

「サマエル様。サマエル様が地獄に居られませんと、亡者の裁きが滞ります」

「左端さん、僕は——」

呼びかけておいて続く言葉が出なかった。どんな別れの挨拶をしたらいいのか。——この得体のしれない憂いを悪魔に伝えたところでどうしようもない。きっと呆れられて終わるだろう。今は生き返りたいと願った自分を信じて、ひとりこの世に戻るしかない。

「ええと……お世話になりました」

「ほほ。直さんもお気をつけて。もう間違って死んでしまいませんように」

「お前のような不運な者がどのような楽しみをもってこの世に存在するのか、見届けるのも面白そうだが」

「……それはほっといてください」

結局左端にとっては直の存在など玩具、よく言って実験用モルモットだ。左端がいなくなることに寂しさを感じている場合じゃない。

フンッと気持ちを奮い立たせて、

「僕はもう帰りますね。普通の生活に」

と足を踏み出し、息をのむ。

「ああっ、直さん、そちらは――」

ここが鳥居の上だと忘れていた。傾いた体を立て直すことができず、直はプレゲトーンの幻影に吸い込まれるように落下していった。

――だから、どうしていつも僕はこうなる？

エピローグ

悪い夢でも見ていたのだろうか。内容は全く覚えていない。けれど、歪みというか引っ掛かりというか、頭にちょっとした違和感をうえつけるような、そんな夢だ。思い出したいわけでもないのに、数日経った今もその夢を見た感覚を忘れられない。

京都では珍しい斜めの道。最大のものが四条大宮と千本三条を結ぶ後院通《こういんどおり》だ。直はその大いなる傾きに立ってバスを待っていた。

陽炎《かげろう》が揺らめく真夏の炎天下に濃紺のリクルートスーツ姿。暑熱がこもるシャツの中に汗がとめどなく伝っていた。

臨時的に開催される企業合同説明会を紹介してくれたのは大学の就職課だ。秋になれば、残っている新卒の採用枠は内定辞退者の穴を埋める程度のものになる。大学は内定の出ていない学生を何とか夏の間にどこかの会社へ放り込もうと必死なのだろう。

就職率の数字に貢献できる自信は皆無の直である。熱意くらいは見せておこうと参加を決めた。

慌ただしく告知されたにしては至れり尽くせりの説明会で、送迎バスが用意されるという。愛用のママチャリを失くした直としては願ってもない好待遇だった。

――失くしたというより盗られたというべきか。アパートの玄関先から自転車が忽然《こつぜん》と消えたのだ。盗難届を出すのも気が引けるようなボロでも無いと不便である。予定外の出費を試算してため息を吐く。

それにしても、やっぱりなんか変だよな。漠とした長い夢から覚めたと思ったら三日も経過していた。おかげで今期最終といわれていた企業セミナーも逃してしまった。もっとも、京見峠の怪現象の取材と天秤《てんびん》にかけて出席しようかしまいか迷っていたくらいだ。どのみち参加せずに終わったかもしれない。取材を依頼してくれた編集プロダクションには、体調不良で取材に行けていないことを詫びるメールを送っておいた。

三日も寝ていた割には疲労感が強く、着ていたTシャツも泥まみれで獣のような強烈な臭いがした。意識はなかったはずなのに『左端真央』という見知らぬ相手からの着信通話記録がスマホに残っていた。

『さはしまお』と読むのだろうか。女性らしき名前に若干浮つくが、もちろんやり取りをしたことはおろか電話番号の登録をした記憶もない。

さらに不可解なのは、掌に残された呪文のようなカタカナの文言だ。明らかに自分の筆跡なのに、書いた覚えがない。手を洗うたび薄くなっていくインクに、ホッとするような、胸が騒ぐような複雑な心境になる。

さりとて。蟠《わだかま》りを解こうという意気も足りず躊躇していた。記憶喪失という重い四文字が圧《の》し掛かり、つまるところ知るのが怖いのだ。

さはしさんにショートメッセージとか送ってみようかな。

ふと思い立ち、直はブリーフケースの外ポケットからスマホを引っ張り出した。だが。どんな文章を書けばよいものか。『あなたは誰ですか？』では失礼過ぎるだろう。画面の上で指を迷わせて思いを巡らせていると、

「ねえ」

と突然肩を叩かれた。瞬間、直は勢いあまって空メールを送信してしまった。

「あっ、ああっ」

短い叫び声を発して顔を上げる。眼前にあったのは紺色のネクタイだ。続いて長い人差し指の先が鼻先にニュッと伸びてきた。

「君も企業説明会に参加するの？」

不躾に直の顔を指さした相手は頭一つ分直より背が高い。直は誤送信したメールが心懸かりながらスマホの画面を閉じた。

「え、ええ、参加しますけど……」

「良かった。他にそれらしい人がいないから場所間違えたのかと思っちゃった」

アンバーが混じったブルーグレーの瞳に濃い赤褐色の頭髪、明らかに白人の血が混じった華やかな青年だ。おまけに生地の高級感からして直とは比べ物にならない上質なスーツを纏っている。彼自身が「それらしい人」すなわち就活の荒波に揉まれてもがいているともがらには見えない。しかし。本人が就活生だと言っているのだからそうなのだろう。直も不安に思っていたところではあるので、同意して答えた。

「そうですね……ここからバスに乗る人は少ないみたいですね」

「うん、君がいて助かった。俺の名前はリリム。どうぞよろしく」

リリムと名乗った青年は鞄《かばん》を肩にかけ、両手で直の手を握った。握手のつもりだろうか。やや吊り上がったペルシャ猫のような目が悪戯っぽい笑みを浮かべる。直は強張る頬を無理やり引き上げて愛想笑いを作り、相手の手の内からおずおずと手を引き抜いた。

果たして直が参加してもいい説明会なのだろうか、という懸念が湧いてきた。例えば語学堪能《たんのう》な帰国子女とか、なにか特別な能力を備えた学生対象だったのではなかろうか。

リリムと直が同じフィールドで人生の道行きを探すなんて考えられない。

「ネットで偶然この説明会を見つけて申し込んだんだけど、こういうのはよく開催されるの？　俺、最近になって日本での就職を考え始めたからこっちの就職活動ってよくわからなくて。よかったらいろいろ教えてほしいな」

「いや、あの、僕もよくわかってなくて……」

なにしろ直は書類選考も突破した経験がないのだ。就職活動について教えられることなどあるわけがない。会話を続けようとするリリムの気配に緊張して、直はことさら大げさに四条大宮の交差点へ視線を逃す。

「あ、あれ、あのバスじゃないですかね」

ちょうど四条通から後院通に入ってきた淡い紫色の車体を指さした。路線バスや観光バスよりも一回り小ぶりだ。案の如くバスは直とリリムの前に停まると運転席の左側の乗降扉を開いた。ボディ側面にアルファベットのホテル名が記されている。知る人ぞ知る高級リゾートホテル系列のホテルだ。直は自分より扉口に近いリリムに先にバスに乗るよう促して後に続いた。

車内中央の通路を挟んで左右に二席ずつベージュのシートが並ぶ。リクルートスーツに身を包んだ若い男女がポツポツと互いに距離をとって座っている。定員の三分の一も埋っていない。

直はリリムがバスの中ほどの席に腰を落ち着けるのを見届けて、最後尾席まで足を進めた。周囲に人がいない左側の席を選んで着座する。直を追いかけるリリムの視線には気づかぬふりをした。彼は直の近くに座って話の続きをしようと思っていただろう。申し訳ないが期待されるような有益な情報は持っていない。近づく他人を不運に巻き込んでがっかりさせるのも懲り懲りだ。リリムのあの人懐こさなら、説明会会場で就活の相談が出来る友達もきっと見つかる。

直はそっと息を漏らし、スマホ画面を開き直す。送信済みトレイの空メールを確認して気が重くなった。


バスは千本三条で右に折れ、千本通を北へ上がった。会場のホテルは京都駅の近くにある。何か所か停留所を経由して向かうようだ。ＪＲ二条駅前でバスは静かに停車した。直は所在なく窓の外を眺めていた。歩道の奥にビルの上方にクレーンを伸ばしている工事用の重機が見えた。外壁の修理でもしているのだろうか。強い風が吹き、クレーンから垂れたワイヤーが煽られてしなっている。

天気が悪くなってきたな……。

流れてきた厚い雲が太陽を覆い、空一面を埋めていく。眼界は照明が落ちたような晦《かい》冥《めい》に包まれた。直にとって出先で雨はお約束だ。いつものことと窓に頭をもたせ掛け、目を閉じる。途端、身震いが起きた。見上げると窓枠の上にエアコンの吹き出し口があった。寒いわけだ。直接冷風に吹きつけられて急激に汗が冷えた。腕を伸ばして吹き出し口の蓋を閉める。その時、窓の外で何かの影が大きく振れた。

「倒れるぞっ」

どこかで誰かが叫んだ。ざわめきが悲鳴になってバスの内外で弾ける。影がさらに濃い闇を成してバスを囲い込む。クレーンだ。クレーンの長い腕部分がバスの窓に向かって傾いている。そう悟った一瞬のうちに、バスはすっかり暗闇の下になっていた。

どうしていつもこうなる？　なんて思う間もないうちに。

轟音と共に落ちてきた鉄の塊は、クレーンに押しつぶされたバスの天井だった。前方の席は見えなくなっていた。ただ呻吟《しんぎん》している痛切な声だけが聞こえてくる。自分以外に動いている人の姿は見えない。

「あ……あああ……」

割れたガラスの破片と生暖かな血がこめかみを伝って零れた。視界がぼんやりしてきて、意識が遠くなっていく。熱のこもった空気が座席の下の方から上がってくるのを感じたその矢先、ボンッと空気が弾ける音が響いた。その時、割れた窓の外から人影らしきものが見えた。

「まったく悪運の強い奴だ」

懐かしさを覚える美声が降ってきた。声の主は、血で額に貼りついた直の前髪をかき上げると、掌で熱を測るように直の額に触れた。痛いほどの熱さが額に走った。続いて脇を掴まれ、強く引っ張られる。シートの隙間から強引に抜き出され、放り投げられるような感覚で割れた窓から落ちた。それから一拍も置かぬ間に、バスがオレンジ色の火の塊になってどす黒い煙を吐いた。

＊

「検査の結果は異状なしってさ。あんな事故で、擦り傷と打撲だけで済んで運がいいって、先生が。なんかおかしいわね。お母さんは直の運の悪さを心配してばかりいたけど」

　母親の幹江《みきえ》は泣きそうな笑顔を見せ、付き添い用のベッドに腰を下ろした。直はベッドの上に起き上がって胡坐をかいた。

「……僕もよくわかんない。結構しぶといのかも」

「神様か仏様——もしかしたらお父さんが守ってくれてるのかな、直のこと。どうやってバスから出たのか覚えてないんでしょう？」

「うん。誰かに引っ張られたような気がするんだけどな……。意識がはっきりしてなくて、自力で出られたとは思えない」

「不思議ね」

　駅から事故の一部始終を見ていた人の話では、クレーンが倒れてからバスが爆発するまでの時間はごく短時間で、実際誰も救助に行けなかったという。炎上するバスの傍に倒れていた直にみんな驚いたようだ。

「悪運、なのかな。運がいいとは思えないけど、運がいいって言わなきゃ、亡くなった人の手前申し訳ないようにも思うよ」

あの事故で乗員乗客十名が亡くなっていた。直は唯一の生存者だ。あのリリムという青年も――。あの時、一緒に座ろうと後ろの席へ誘っていたら、彼は助かっていただろうか。

「あなたは何も悪くないから、自分を責めたりしちゃダメよ」

幹江に手を握られて目頭が熱くなった。恥ずかしいけど少し甘えたい気分だった。しばらく手を離さないでいてもらいたい、と思う程度に。そして幹江はそのようにしてくれた。

「矢部さん、夕食の支度ができました」

カーテンの向こうから病院のスタッフに声を掛けられ、幹江が返事をして立ち上がった。お膳を受け取り、ベッドのテーブルへ運んでくれる。

「しっかり食べなさいよ。あんた痩せすぎだから。お母さん、明日また来るね」

「え？　いいよ、もう元気だし。すぐ退院できるし。仕事あるでしょ？」

「いいよ。一週間休みを申請したから。直の部屋掃除しておきたいし……そうそう、手紙が届いてたよ。切手がないから直接アパートのポストに入れたのかしら」

光沢のある白い封筒は結婚式の招待状みたいに上等だった。切手があるべき場所には羽根の形が金で箔押《はくお》ししてある。

「僕宛てに？　なんだろ。グラン・ディヴィーノ・リゾート京都……ホテルだ」

「ちょっと、人気の高級ホテルよ。なんで直に？」

「さ、さあ……」

開けてみると、内定者向けの研修の案内だった。

「何？　すごいじゃない直、内定者って！　やだ、何で黙ってたの？　お祝いしなくちゃ。もうっ、この子ったら」

「え、でも、あれ？　なんでだろ」

入社試験どころかエントリーシートすら送った覚えもないけど？　新手の詐欺ではないのか。母をがっかりさせたくなくて言い出せなかった。差出は人事課ではなく、なんと社長だ。直筆のサインはアルファベットで、『Satan Maou』とある。

「さたん、まおう」

――あ。

その名を口にして、直は唐突にすべてを思い出した。三日間の間に経験した夢のすべてを。

ほんのりと熱を帯びた額を押さえる。もう見なくてもわかっていた。ここにはアカツキのシジル。――Vと逆さのVを重ねた図の真ん中に金星のマークがあるはずだ。契約の儀式の熱さを覚えている。
バスの事故のあの時、直を外へ引きずり出してくれたのは左端だろう。
内定通知を握って周囲を見回す。地獄の王がどこかで直を見ている。そう確信した。

＜初出＞
本書は書き下ろしです。

この物語はフィクションです。実在の人物・団体等とは一切関係ありません。

メディアワークス文庫

左《さ》端《たん》様《さま》と僕《ぼく》の京《きょう》都《と》事《じ》変《へん》

四《し》方《ほう》天《てん》十《と》々《と》子《こ》

2022年2月25日　初版発行

発行者　青柳昌行
発行　株式会社KADOKAWA
〒102-8177　東京都千代田区富士見2-13-3
0570-002-301（ナビダイヤル）
装丁者　渡辺宏一（有限会社ニイナナニイゴオ）
印刷　株式会社暁印刷
製本　株式会社暁印刷

Printed in Japan
ISBN978-4-04-913374-5 C0193

メディアワークス文庫　https://mwbunko.com/

本書に対するご意見、ご感想をお寄せください。

あて先
〒102-8177　東京都千代田区富士見2-13-3
メディアワークス文庫編集部
「四方天十々子先生」係

あなたと式神、お育てします。

～京都西陣かんざし六花～

仲町六絵

好きな品をお選び下さい。ここは式神の生まれる店、京都西陣かんざし六花。

かの安倍晴明に連なる陰陽師「桔梗家」の跡取りとして生まれた青年・晴人は、京都は哲学の道で不思議な和装美女・茜と出逢う。

彼女が西陣で営む「かんざし六花」には式神を「育てる」裏の仕事があった……故郷の神様との約束、西陣に迷うこけしの思い、会津で「祇園祭」を守る女性の決意。

珊瑚玉から生まれた式神・さんごを連れて、晴人は京都と一族にまつわる不思議に触れる——

古都・京都が式神と陰陽師を育む、優しいあやかしファンタジー。